BBULMEDIA

왕초의 아침

경록 대체 역사 소설

왕좌의앞

6

뿔미디어

비룡(飛龍)

목차

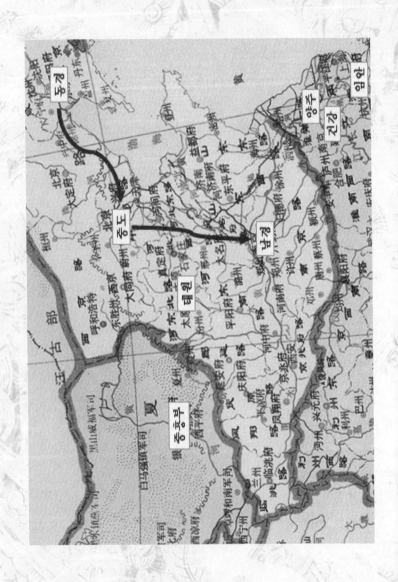

제32장
출정전야(出征前夜)

몇 겹으로 꼰 새끼줄 위로 불이 붙어 타들어 가기 시
작했다.

벽란도 포구가 멀리 내다보이는 언덕에 마련된 활터
의 사대(射臺)에는 활을 쥔 사내들이 아니라 나무로 만
든 받침대 위에 쇠막대를 걸쳐 놓은 사병들이 한 줄로
서 있었다.

화승(火繩)이 다 타들어 가자 이내 쇠막대 위의 화약
접시에 불이 붙었고, 이내 요란한 소리와 함께 막대 끝
에서 탄알이 튀어 나갔다.

사대의 뒤에 서 있던 사람들의 시선이 백오십 보 바

깥의 과녁에 집중되었다.

"명중이오!"

10여 자루의 총구에서 모두 탄환이 발사되자, 이내 노복 하나가 뛰어가서 과녁을 하나씩 확인하면서 소리를 외쳤다.

"명중이오!"

과녁 하나하나마다 명중이라는 소리가 외쳐질 때마다 사람들은 감탄성을 흘렸다.

"오중(誤中)이오!"

아쉽게도 모든 과녁에 총알이 제대로 들어 박힌 것은 아니었다.

10개의 과녁 가운데 두 개는 과녁에 탄알이 꽂힌 흔적이 없었다. 그래도 첫 사격 치고는 꽤나 대단한 성과였다.

사대 뒤편의 차양 아래에서 사격 시범을 지켜보던 정민은 자리에서 일어나 사수들을 칭찬했다.

"첫 사격 치고 매우 잘해 주었다. 지원을 아끼지 않을 터이니 출정이 있을 때 까지 화약과 탄알을 아끼지 말고 연습하도록 하라."

정민의 얼굴에는 흡족한 미소가 떠올라 있었다. 다시

금나라로 출정 가기 전에 화승총을 사용할 수 있을 것이라고 기대조차 하지 않았다.

그런데 금나라에서 돌아오는 길에 대략의 화약을 제조하는 비급(備急)을 얻어 온 오저군이 결국에는 금주(金州)에서 화약을 제조하는 데 성공했다는 소식을 전해 왔다.

혹여나 습기를 먹어 못 쓰게 될까 싶어, 정민은 오저군을 재촉해 해로가 아닌 육로로 화약을 보내도록 하였다.

그동안 벽란도에서 대장장이들을 죄 불러 모아서 야장(冶場)을 급하게 차리고, 여러 꼴의 총을 만들도록 정민이 직접 감독을 했다.

화약이 있다고 화기(火器)를 바로 사용 할 수 있는 것은 아니었다.

화약무기를 실전에 사용하는 송나라나 금나라라고 하더라도 그 수준은 조악하기 이를 데 없는 것으로, 실제로 전황을 바꾸거나 할 정도의 화력을 내기를 기대할 수 없었다.

그런 마당에 고려의 야금술(冶金術)의 수준이 그리 높지도 않거니와, 어지간한 충격에도 깨지지 않도록 총신을 제련해 내는 것도 쉽지 않으니 여러 번의 실패는 예견된 일이었다.

정민은 수준 높은 총을 만들도록 감독할 지식과 능력도 없거니와, 고려의 야장들이 그 요구를 수행할 능력도 안 되기에 타협이 절실했다.

정민이 아는 것이라고는 화승에 불을 붙이고, 방아쇠를 당겨서 화승이 화약 접시에 닿게 하고, 여기에 불이 붙으면 탄환을 쏘아져 나가게 할 수 있다는 정도였다.

대략적인 구상만 가지고 총을 제작해 내려니 실패의 연속이었다.

큰 성과가 없이 3월도 훌쩍 끝나가는 와중에 오저군이 화약을 가지고 벽란도에 당도했고, 조바심이 난 정민은 야장들을 재촉했다.

시험 과정에서 있었던 폭발 사고로 두 명의 야장이 팔을 잃을 정도로 크게 다쳤다.

정민은 일을 할 수 없게 된 이들에게 평생 생계를 돌봐 줄 것을 약속해 주어야 했다.

미안한 마음이 굴뚝같았으나, 금나라로 출병하는 때에 맞추어 총병을 꾸릴 수 있을 것이라는 기대 때문에 정민은 화승총의 개발을 그만둘 수 없었다.

결국에 절충식으로 택한 것이 받침대를 설치하고 그 위에 총을 뉘여 고정시킨 다음에, 화승에 불을 댕기는 방식이었다.

보병들이 총을 들고 유기적으로 움직일 수는 없게 되었지만, 충분히 숫자만 갖추어진다면 효과를 볼 수 있을 정도는 되었다.

'500정이다. 500정만 만들어서 한 달을 훈련시킨다면 아쉬운 대로 전투에서 쓸 수는 있을 것이다.'

있으나마나 한 개머리판이 달린 조악한 형태의 총이 었으나, 정민은 야전에서 이것을 써먹을 정도는 된다고 판단했다.

두 달간의 고투 끝에 겨우 쓸 만한 총이 나오자 정민은 안도의 한숨을 돌렸다.

그러나 일단은 대외적으로 이것은 비밀이었기에, 정민은 아버지 정서와 몇 몇 사람들만을 불러다가 몰래 총을 쏘는 것을 시연했다.

당연히 관군에게 지급할 것이 아니라, 정씨가문이 거느리고 있는 사병들로 하여금 연습시켜서 출정 때 일부 데려갈 생각이었다.

"위력이 대단해 보이긴 하다만, 활에 비해서 너무 사

용하기 무겁지 않은지 모르겠다. 일단 말 위에서 사용하기는커녕, 발을 놀리면서 쏠 수도 없지 않느냐? 어지러운 전장에서 지지대를 놓고 불이 다 타들어 가기를 기다리는 데 시간이 많이 걸릴 것이거니와, 비가 오는 날에는 사용할 수 없을 것이고, 더불어 멈춰 있는 과녁이 아니라 움직이는 적을 겨냥하기에는 좋지 않으니 병대의 주력으로 삼기에는 모자라다."

정서는 감탄을 하면서도 자신이 보기에 부족한 점을 짚어 주었다. 초기형태의 화승총이 가지고 있던 한계인 동시에, 정민 자신도 너무나 잘 알고 있는 것이었다. 그러나 정민은 이것을 활의 대용으로 쓸 생각이 전혀 없었다.

"적병 하나하나를 쏘아 맞출 필요가 없습니다. 총병들이 적 기병들이 달리는 곳에 적절히 탄환을 집중하여 쏠 수 있다면 그것으로 충분할 것입니다. 대기하는 시간은 총병을 2열 혹은 3열로 꾸려서 교대하여 쏘도록 하면 어느 정도 해결이 될 것입니다."

"과연 그렇게 할 수 있다면 쓸모가 없진 않겠구나."

정민의 말에 정서가 고개를 끄덕였다. 그는 턱의 수염을 쓸어내리면서 노복이 들고 온 관통된 과녁판을 살펴보았다.

"무엇보다도 화살은 나무로 된 과녁을 뚫지 못하지만, 화약의 힘으로 쏘아 보낸 탄환은 때로 나무판을 뚫기도 한다는 것입니다. 금병의 갑주도 탄환이 제대로 쏘아진다면 다치는 것을 막아주진 못할 것입니다."

"과연 그렇다."

정서는 꽤나 흡족한 얼굴로 정민을 돌아보았다. 그는 무언가 잠시 궁리를 하더니, 정서의 귀에 입을 가져가 낮게 속삭였다.

"이 화총(火銃)이라는 놈을 얼마나 만들 생각이냐?"

"500정 가량 생각하고 있습니다."

"네가 출정하고 나서도 이 장인들을 데리고 추가로 만들 수 있겠느냐? 화약은 오저군이 맡아서 만들면 될 것이고."

"그럴 수는 있습니다."

"네가 금나라에 간 사이에 개경의 정세가 또 어찌 뒤바뀔지 모르겠다. 우리 집안의 사병을 요즈음 많이 늘리긴 하였으나 그 숫자가 수백을 넘지 못하고, 대부분 오래 되지 않아 신뢰하기 어렵다. 절반은 남겨서 총을 쥐어 무장시켜 두었으면 하는데, 네 생각은 어떠하냐?"

당초에 정민은 사병을 최대한 데리고 출정하여 이들로 총병을 삼을 생각이었다.

그런데 정서의 말을 들어 보니, 출병한 뒤에 개경에 남겨지는 사람들도 문제였다.

사병을 모두 데리고 출정을 해 버리면, 혹여나 임금이나 다른 정적들이 정씨일문을 도모하고자 하였을 때 확실히 막을 수 있다는 보장이 없었다.

어느 정도의 무력이 있어야만 했다. 그래야 정씨가문과 손을 잡고 있는 김돈중이나 무신들도 여차한 상황에서 등을 돌리지 않을 것이다.

그리고 막막한 상황이 된다면, 예기치 못한 무기로 무장한 총병들이 도움이 될 수도 있었다.

"아버님의 뜻대로 하는 것이 매우 가당하다고 생각합니다."

"그러하다면 부탁하도록 하마. 개경성 내의 요지에다가 총병을 대어 놓고 길목을 막으면 어지간한 준동에도 방비가 될 것이다."

"준비가 충분해서 나쁠 것은 없지요. 물론 무슨 일이 벌어져서는 안 되겠습니다만."

"별일을 없기야 나도 바라 마지않는다만, 지난 몇 년

간만 하더라도 예기치 못한 일들이 수태 있지 않았느
냐."

"하루하루가 살얼음판을 걷는 기분이었지요."

정민은 마른침을 꿀떡 삼켰다. 냉병기와 열병기의 싸
움에서 열병기로 무장한 군대가 우위에 설 수 있는 것은
당연한 일이다.

그러나 이번의 경우에도 꼭 그러하리라고 장담은 할
수 없었다.

충분히 총을 다루도록 병사들을 훈련시킬 시간도 없
거니와, 화약이 여유 있게 생산될 것이라 장담할 수도
없었다. 거기다 총기의 질도 매우 조잡한 수준이었다.

때문에 그 효용을 극대화시킬 전략적 판단 없이는 그
가치를 극대화시키기 어려운 상황이었다.

금나라 출병에 끌고 갈 총병은 정민이 최대한 그 잠
재적 능력을 발휘할 수 있도록 지휘할 생각이었으나, 그
것도 호언장담하기에는 너무 변수가 많았다.

더군다나 전장의 경험이 없는 정민이었다.

그 자신부터 얼마나 평정을 지킬 수 있을지 솔직히
자신이 있다고 하기는 어려웠다.

'그래도 이미 기호지세이다. 퇴로가 없으니 죽음을

각오하고 임전하는 수밖에 없지 않은가.'

정민은 각오를 다졌다.

1161년 4월 보름.

길일(吉日)이었다. 개경의 대령후저에는 비단차양이 내걸리고 아침부터 노복들이 분주히 움직이고 있었다.

개경으로 복권되어 올라온 뒤로 대령후저는 대개 문을 닫아 걸고 손님을 받지 않았었다.

임금의 눈치를 보아서 스스로 무리 짓기를 삼가고 있다는 것을 보여 주기 위해서였다.

임금이 빼어난 동생인 대령후의 곁에 사람들이 모여드는 일에 매우 예민하게 군다는 것은 이미 누구나 아는 사실이었다.

한때 대령후가 뭇 관료들과 준재들과 어울리며 젊은 시절을 보냈을 때, 임금은 불안함에 침식이 늘 편치 못했고, 결국에 트집이 잡혔을 때 대령후를 비롯하여 그 무리를 모두 쳐 낸 일이 있었다.

그러나 이번의 경사야말로 임금이 어찌 되었든 윤허

해 준 일이니, 이번만큼은 곳간을 열고 사람을 풀어 성대히 치르고자 하는 것이 대령후의 마음이었다.

경사라는 것은 다름 아니라, 이부상서(吏部尙書) 정서의 독자 병부시랑(兵部侍郞) 정민과 대령후의 외동딸 왕연 사이의 혼례였다.

집안 간의 통혼 이야기가 오고 간 지가 벌써 여러 해였다.

그간 정치적 이유와 더불어 왕연의 나이가 아직 어림을 들어서 날짜를 잡아 두고 있지 못하다가, 더 이상은 미룰 수 없다는 양가 혼주(婚主)들의 결정으로 정민이 출정을 나아가기 전에 부득불 바삐 혼례를 이 날로 못 박은 것이었다.

고래로 그 풍속 상 혼례는 처가가 될 곳에서 치르는 것이 원칙이었다.

공주를 하가(下嫁)시킬 때야 궁궐에서 혼례를 치를 수 없으니 신랑의 집에서 준비를 하였으나, 왕연은 왕족의 일원이기는 하나 공주는 아니므로 대령후저에서 혼례를 일찌감치 다 준비해 놓은 것이다.

그래도 왕가의 귀한 딸을 사가로 내려 보내는 일이었다. 혼례를 치르는 데에 있어서 남 보기에 부족함이 있어서는 안 될 일이었다.

"소자의 불초자식이 귀한 집안의 딸을 아내로 맞이하
게 되었습니다."

대령후저에서 혼례 준비가 바쁜 동안에, 정서의 자택
에서도 정민이 혼례에 앞서서 자기 집에서 초례(醮禮)
를 행하고 있었다.

새벽이 밝자마자 정서는 부모의 신위 아래에 두 번
절을 하고, 대청으로 나아가서 남쪽을 향해 앉았다. 미
리 준비하고 있던 정민은 공복을 입고 정서의 왼쪽, 동
향을 보는 자리에 앉아서 술과 음식을 받아먹고, 다시
대청을 내려와서 청민에게 절을 했다.

"가서 대령후 합하의 귀한 딸을 맞이하여 가문을 더
욱 영록(榮祿)하게 하여라."

"엄하신 분부를 잘 따르도록 하겠나이다."

정민은 대청 아래에 두 번 절을 하며 혼례를 치르러
갈 것을 고하고서는, 미리 잘 치장하여 준비해 놓은 말
을 타고 자택을 나서서 대령후저로 가솔들을 이끌고 나
아간다.

"드디어 장가를 드시게 되었으니 소인의 마음도 그저
기쁘기 그지없습니다."

대령후저로 가는 길, 정민이 탄 말의 고삐를 쥐고 이끄는 오저군이 잔뜩 들뜬 어조로 말을 붙여 왔다. 정민은 살짝 씁쓸한 웃음을 지으며 오저군에게 대답을 한다.

"더 이상 미룰 수는 없는 일이니 이제는 아가씨를 모셔 와야지."

"이 혼례는 매우 길한 일입니다. 이 보다 맞는 짝이 있을는지요. 고려 천지를 뒤져 봐도 이렇게 빼어난 신랑과 신부가 있겠습니까."

"금칠이 너무 심하구나."

정민은 설레는 마음이 전혀 없다고는 할 수 없으나, 마음 한구석에 답답한 기분이 똬리를 틀고 앉아서 마냥 즐겁지만은 않았다.

정민은 다르발지를 개경에 불러와서 정서가 기거하는 저택 가까운 곳에다가 별채를 얻어 머무르게 하고 있었다.

고려에 와서 누구보다 먼저 남녀의 정리를 맺은 여자였으나, 그 출신과 신분 때문에 정처(正妻)로 맞을 수 없는 것이 현실이었다.

정민은 누구보다 다르발지를 아끼는 마음이 컸으나, 그로서도 현실을 무시할 수는 없었다.

새로 내당(內堂)에 앉게 될 왕연을 배려하는 마음에서 정민은 지난 한 달간 다르발지를 찾지 않았다.

다르발지가 내색 없이 이해해 주는 듯 보이기에 망정이지, 아니었으면 정민은 내내 마음이 편치가 않았을 터였다. 그래도 미안함 마음이 가시지는 않는 노릇.

어린 새신부를 맞이하러 가는 길에 다르발지를 생각하면 마냥 마음이 기쁠 수는 없었다.

'부디 현명하게 일을 풀어 나가야 할 텐데. 집안 내의 정치라는 것도 분명 집 밖의 살벌함에 못지않을 것이다.'

정민은 어쩌다 보니 여자를 여럿 거느리게 된 것이 꼭 좋은 일만은 아니라는 생각이 들었다.

가부장의 권한이 드센 전근대사회라지만, 고려는 상대적으로 여성의 권리가 존중되는 사회이기도 했다.

때문에 남자가 처를 여럿 거느리는 것에 대해서 매우 예민하게 구는 시선이 있었다. 기본적으로 일부일처를 양속(良俗)이라 보았던 것이다.

그러나 그럼에도 불구하고, 권력자들 사이에서는 통혼이 중요한 정치적 의례의 일부이기 때문에, 여러 방향으로 혼인관계를 복잡하게 얽는 경우가 잦았다.

꼭 그러한 정략적인 이유가 아니더라도, 나이 들고 재물이 많으면서 권력이 있는 남자가 첩들을 여럿 거느리는 것이 보기 힘든 광경은 아니었다.

그렇다고 해서 집안의 여자들이 이런 상황을 피동적으로 수용하는 것은 아니었다.

집안 내의 처첩들 간의 암투야 워낙 흔한 일.

앞으로 정민은 본의든 아니든 정치적으로 입지가 올라갈수록 혼인을 통해 동맹을 구축해야 할 상황이 얼마든지 더 찾아올 수 있는 상황인 것이다.

그런 가운데 집안 내의 여자들 사이를 잘 중재하지 못한다면 몹시 피곤하게 될 것이라는 것은 직감하고 있었다.

여자들이 겉으로는 남편을 위하여 단아하게 굴며 집안의 살림 외에는 관심이 없다는 시늉을 한다손 치더라도, 그들 또한 사람으로 제각기 욕망과 욕심이 없을 리 없으니까.

여자라는 존재가 그저 남자의 수발을 들기 위해 만들어진 것이 아니고서야, 오로지 정민만을 위해 손발을 서로 맞추어 줄 것이라는 것은 헛된 욕심일 것이다.

단순히는 정민의 사랑을 차지하기 위해서라도, 좀 더

복잡하게 보자면 자신의 배에서 난 자식으로 하여금 남편의 많은 것을 물려받게 하여 더 좋은 입지를 주기 위해서 그녀들은 암투를 감수할 것이다.

'집안의 질서를 내가 잡지 않으면 안 될 것이다. 다행이 다르발지가 현명한 여자라 겉으로 투기를 부리지는 않을 테지만……. 연이도 앞으로 어떨지는.'

아직 정민이 보기에는 어리고 세상 물정을 모르는 왕연이 걱정이 되는 것도 사실이었다.

당장에 집안의 정실로 앉혀 놓고 출정을 나가야 하는 것부터 마음이 편치 않았다.

과연 열일곱 짜리 소녀가 잘 다룰 수 있는 상황인지 의심스럽기도 했다.

그러나 정민으로서는 지금은 선택지가 없었다.

왕연에 대해서 마음이 있기도 하거니와, 그 이유가 아니더라도 여러 정치적인 고려 때문에라도 왕연을 지금은 처로 맞아야만 했다.

이미 임 태후가 언질을 주지 않았던가. 임금의 황정(荒政, 정사를 거칠게 하거나 게을리 함) 가운데에 단단한 입지를 다지기 위해서는 대령후를 위시로 암묵적인 파벌을 다시 구축하는 것이 필수적이었다.

그것이 임금의 의심을 살 정도로 노골적이어서는 안 된다.

그렇다면 이러한 혼인관계는 시선을 피하면서 교류의 명분을 주기에 충분히 좋은 조건으로, 반드시 성사시켜야만 하는 것이었다.

더불어 임 태후의 암묵적인 지지까지 받을 수 있다면 더더욱 그래야만 했다.

"신랑이 도착했소!"

혼례를 기다리며 대령후저에 모여 있던 사람들 가운데 하나가, 골목 끝에서 나타나는 정민의 행렬을 보고 외쳤다.

악공(樂工)들이 연주를 시작하고, 대청으로 대령후도 나아왔다.

대령후저에서 들려오는 시끌벅적한 소리에 정민은 조금 긴장이 되었다. 고려 땅에 와서 온갖 일을 겪은 정민이었으나, 그래도 혼례를 치르는 것은 각별한 의미가 있는 일이었다.

"신랑은 하마(下馬) 하시오!"

혼례를 인도할 집사자(執事者)가 대령후저의 합문(閣門) 앞에서 정민을 말에서 내리게 하고서, 혼례를 위한 준비가 다 마쳐진 뜰로 이끌었다.

뜰의 남쪽과 북쪽을 향해서 접시가 놓여 있고, 그 안에 맑은 물이 담겨 있었는데, 혼례의 본의식인 동뢰(同牢)는 이곳에서 손을 씻음으로서 시작되는 것이다.

정민이 남면한 접시 앞에 선 다음에, 고개를 들어 보니 반대편 접시 앞에 신부가 나아와 있었다.

화려하게 치장하고 하얀 분으로 얼굴을 칠한 왕연의 모습은 유난히 아름다웠다.

정민과 시선이 마주치자, 수줍게 은은한 미소를 흘리며 고개를 숙이는 그녀의 모습에 정민은 잠시 말을 잊었다.

청자 접시 안에 담긴 물에 손을 씻고, 신랑과 신부가 마주 볼 수 있도록 꽃돗자리가 깔린 곳으로 나아가서 서로 절을 한다.

각각의 술잔에 부어진 술을 마시고, 다시 음식이 내어진다. 이렇게 세 번 술을 마시고, 정민과 왕연은 함께 일어나서 두 번 맞절을 했다.

"부족한 여식이나 그대가 거두어 집안을 번창하게 하여라."

예식이 끝나자 대청에 앉아 있던 대령후가 정민에게

당부를 했다.

정민은 대령후에게 삼배(三拜)하고 나서, 겸양의 말로 대답을 한다.

"불초한 이가 귀댁의 귀한 딸을 아내로 맞이하게 되었습니다. 평생 곁에서 해로(偕老)하여 양가의 동량이 될 수 있도록 면려하겠나이다."

대령후가 흡족한 미소를 얼굴에 띠우고서, 손짓하여 악대가 풍악을 다시 울리도록 하였다.

손님들에게 소고기와 젓갈, 그리고 곡차가 두루 놓인 잔치상이 나아가고, 혼례에 참석한 귀빈들의 덕담이 이어졌다.

"이 혼례는 우리에게도 아주 좋고 상서로운 일이올시다. 정 공의 행보에 앞으로 많은 것이 달라질 것이오. 소인은 그리 믿소이다."

다들 그저 흔한 덕담으로 혼인을 축하하였으나, 그중 한 명, 정중부의 말 만큼은 깊은 무게가 있었다.

그는 정민의 손을 꽉 쥐고서, 주변에 들리지 않을 만큼 낮은 목소리로 그렇게 말했다.

살짝 얼떨떨한 기분이었던 정민은, 정중부의 서슬 퍼런 수염 아래로 나오는 말에 정신이 번쩍 들었다.

힐끔 주변을 쳐다볼 시간도 주지 않고, 정중부는 다시 잡고 있던 정민의 손에 다시 한 번 힘을 꽉 주며 말했다.

"부디 승전하여 돌아오시오. 다녀오면 고려가 달라질 것이오."

정중부는 그렇게 말하고서 묵직한 걸음으로 자기 자리로 돌아갔다.

그 뒤로 줄지어 다른 하객들의 축하가 있었으나, 정민의 신경은 온통 정중부에게로 가 있었다.

쉽지 않은 걸음이었을 것이다.

모르긴 몰라도 임금과 정적들은 이 결혼에 누가 하객으로 참여하는지 모두 그 동태를 파악하려고 할 것이 분명했다. 이 와중에 정중부로서는 쉽게 걸음하기가 어려웠을 터.

그런데 직접 혼례에 참여하여 정민에게 이런 말을 한다는 것은 생각 이상으로 나름의 각오가 서 있다는 이야기임에 분명했다.

정민은 등골이 싸했다.

그간 정민은 고려에서 살아남기 위해, 또 조금 더하더라도 정씨 집안을 단단하게 자리 잡게 만들고자 싸워

왔다고 생각했다.

어디까지나 자신의 일, 집안의 일로만 생각을 했던
것이다.

그러나 이제는 대령후, 임 태후를 비롯하여 정중부,
김돈중, 최유청 등등의 암묵적인 동맹이 있었다.

그들 나름의 각오가 분명히 있을 터였다.

그것이 어떤 방향으로 뻗어 나갈지는 모르지만, 결국
서로가 서로의 등을 내어주고 지켜 주어야 하는 상황이
곧 다가올 것이다.

정민은 맞은편에서 부인들의 축하를 받고 있는 왕연
을 바라보았다.

지켜야 할 것이 많아졌다.

양부 정서, 그리고 자신이 일으킨 상단의 식구들뿐만
아니라, 이제는 가족과 동맹들도 지켜 내야 했다.

물론 혼자서 모든 것을 책임지는 것은 아니다.

그러나 이제 고려에 뿌리를 내렸다는 것을 실감하는
만큼, 책임과 의무로서도 더 이상 자유롭지는 않았다.

그리고 정민은 어떻게 해서든지 그 모든 것을 지켜
내고 싶었다.

❖ ❖ ❖

혼례 날 저녁, 정민은 왕연을 데리고 정서의 가택으로 돌아와서 부친에게 인사를 올렸다.

시모가 없기에 정서 혼자 대청에 앉아서 아들과 며느리가 오기를 기다리고 있었다.

대청 앞에 올라가서 왕연과 정민이 각기 두 번 절을 하자, 정서는 아들 부부에게 술을 내리고 덕담을 하였다.

"이제 아가씨가 이만큼 자라나서 우리 집안에 시집을 오게 되었으니, 이만한 경사가 따로 없소이다. 두 번 거듭하여 두 집안이 맺어진 셈이니, 한 피를 나눈 핏줄 이상의 결속이외다. 불민한 자식이나 부디 잘 옆에서 보필하여 돌보아 주시오."

하가(下嫁)하여 시집온 며느리였으나, 어디까지나 왕족의 신분이었다. 정서는 말을 내리지 않고 반공대하여 왕연에게 말했다.

"아버님의 말씀 가슴에 깊이 새기도록 하겠나이다."

왕연이 영롱한 목소리로 그렇게 대답을 했다.

정민은 흡족한 표정으로 다시 부부에게 술을 다시 내

리고서, 자리에서 물러났다.

"오늘은 초야(初夜)이니 늙은 아비가 더 길게 붙잡고 있는 것은 도리가 아니오시다."

정서가 대청에서 물러나 자기 침소로 들자, 노복의 인도를 받아서 단장하여 마련된 신방에 부부가 들어섰다.

"오라버니."

둘만이 방에 남자, 왕연이 살짝 떨리는 목소리로 부끄럽다는 듯이 문가에 앉아서 입을 열었다.

워낙 정신없이 치러지는 혼례 동안 막상 부부 사이에 시선만 나누었을 뿐 말 한마디 나누지 못했다.

정민도 긴장하지 않았다면 거짓말일 것이다.

등롱 하나만 방 안을 밝히고 있을 뿐, 사방 천지가 깊은 밤이 되어 가라앉아 있었다.

흐릿한 달빛이 비껴 들어오는 문가에 앉은 청초한 신부를 보자 정민은 심장이 콩닥거렸다.

"이제 정말로 부부의 연을 맺게 되었구나."

정민은 관모를 벗고서 왕연의 앞으로 다가 앉았다.

그는 부끄럽다는 듯이 곱게 모아져 있던 왕연의 두 손을 들어 감싸 쥐었다.

따뜻한 그녀의 손에서 빠르게 뛰는 맥박이 고스란히 정민의 손에 약동하는 느낌으로 전달되었다.

"오라버니……."

살짝 달뜬 왕연의 목소리가 귀에서 감돌며 떨어지지를 않는다.

정민은 한 손을 들어서 그녀의 얼굴을 천천히 쓰다듬어 보았다.

옅은 달빛에 비치는 기다란 눈썹이 살짝 흔들리고 있었다. 붉게 칠한 입술에서 나오는 따뜻한 숨결이 정민의 손등 위로 스쳤다.

정민은 조심스레 그녀를 품에 안았다.

바깥에서 우짖던 맹꽁이의 울음소리도 뚝하고 그쳤다. 아무 소리도 들리지 않고, 아무 생각도 들지 않았다.

오직 그녀의 부드러운 살결과 자근자근한 숨소리만이 느껴질 뿐이었다.

설레는 신혼을 즐길 수 있다면 좋겠건만, 여건이 그것을 허락하지를 않았다.

혼례가 치러지자 임금은 기다렸다는 듯이 어명을 내려서 출정 준비를 재촉을 해 왔다.

본래라면 고려의 풍습대로 처가에 들어가서 첫 아이가 썩 클 때까지 살아야 하겠으나, 임금의 경계가 워낙 심한데다가, 바로 금나라로 출정을 떠나야 할 형편이라 신접 살림은 정민의 집에 차려졌다.

그나마 바쁘게 움직이면서 군량을 조달하고 병력을 점검하면서 해질녘까지 보내고 나서, 집에 들어와 왕연과 온기를 나누는 것만으로 만족해야 했다.

왕연은 어리지만 현명한 여자였다.

그녀는 정민이 다르발지뿐만이 아니라 앞으로도 들이는 첩이 여럿이 될 수 있다는 것을 알고 있었다.

왕가의 여식으로, 또 정민의 정처로서 그녀는 자신이 집안을 잘 단속해야 한다고 다짐을 했다.

쉽지 않은 결심이었으나, 왕연은 정민으로 하여금 혼례를 치른 지 열흘이 지났을 무렵, 다르발지에게 찾아가 보라고 등을 떠밀었다.

"연아, 이래저래 미안하구나."

정민이 살짝 무거운 심정으로 입을 열었으나, 왕연은 밝게 웃으며 고개를 도리 저었다.

마음이 불편하기야 굳이 말을 두 번 해야 무엇 하련만, 아녀자에게도 결기가 있는 법.

정민은 벌써 집안의 중심 노릇을 하려는 왕연의 마음이 안쓰럽기도 하고 고맙기도 했다.

이로써 정민도, 다르발지도 왕연에게 빚을 한 번 지는 셈이 되는 것이다.

아직 어린 나이에 막 신방을 차린 그녀로서는 곧 천리 밖 북쪽 나라로 떠나가야 하는 신랑의 소매를 잡고 투정을 부려도 누가 무어라 할 사람이 없었다.

그럼에도 불구하고 많은 것을 생각하여 노력을 하고 있는 것이다.

"마님이 소첩에게도 은혜를 베푸셨군요. 저라면 그리는 못 했을 것입니다."

다르발지는 간만에 찾아온 정민의 얼굴을 보고서 섭섭함과 반가움이 뒤섞인 얼굴로 맞으면서 말했다.

당초에 다르발지는 어린 왕연을 잘 구슬려서 자신이 입지를 잘 다져 놓으려고 했었다.

그러나 생각보다 왕연의 생각이 깊고 마음 씀씀이가 넓었다. 굳이 주도권 다툼을 할 생각은 아니었지만, 다르발지는 왕연이 정민을 자신에게 보내 준 것이 담고 있는 여러 의미들을 헤아려 보고서는 감탄하지 않을 수 없었다.

잠시의 마음을 다스려서, 집안의 질서를 세우고 안정을 얻었다.

'왕가의 핏줄이라더니 정말 생각이 깊은 분이야.'

살짝 떨떠름하지 않다면 거짓일 터이다.

그러나 다르발지도 사려가 깊은 여자. 그녀는 자신의 처지를 잘 알고 있었다.

자신은 어쨌든 한 번 성혼을 했던 몸이고, 귀한 핏줄을 타고난 것도 아니었다.

여진 호족 집안이라고는 하나, 고려 땅에서 그다지 내세울 만한 것은 아니다.

고려 천지에 오로지 기댈 곳이라고는 지금으로서는 정민밖에 없고, 정민만을 보고 따라온 그녀였다.

그러한 그녀의 처지를 배려하여 정민으로 하여금 자신을 찾아보게 허락한 왕연의 마음씀씀이는 고맙게 받아들여야 했다.

"이제 한 달 남짓이면 나는 다시 북쪽으로 병마를 이끌고 가게 되오. 그간 그대 홀로 고려에 남아서 지내야 할 텐데, 괜찮겠소?"

정민은 앉아 있는 다르발지의 등 뒤에서 그녀를 살포시 끌어안으며 귓가에 물었다.

다르발지는 그녀의 목을 정민의 어깨에 젖혀 눕히며 대답해 온다.

"저는 걱정하지 마세요. 상공이 대승을 거두고 귀향하시는 것이 우선입니다."

"이래저래 미안한 것이 많게 되었소."

"그런 말씀하지 마셔요."

다르발지는 고개를 저었다.

정민은 참으로 그녀가 강인한 여자라고 생각했다. 어지간한 일에도 좀체 흔들리는 법이 없었다.

그녀라고 하더라도 불안하고 속이 타들어 가고, 마음에 차지 않는 일이 분명히 많을 터.

그러나 다르발지는 늘 자기 자리에 꿋꿋하게 서 있는 사람이었다. 정민은 무엇보다 그것이 든든하다고 생각했다.

"내가 금나라로 출병하여 있는 동안 고려 안에서 무슨 일이 있을지 모르오. 그대는 꼭 눈과 귀를 열어 놓고 혹여 무슨 일이 있거든 노복들에게 도움을 받아 남쪽 금주로 내려가시오."

"소첩 걱정은 하지 마세요. 제 한 몸은 어떻게든 성히 지킬 자신이 있어요."

정민은 다르발지의 가슴께를 쓸어내리며 웃었다.

"그래서 금나라 동경에서 잡혀 있었소? 하하."

"저 한 몸이었으면 그럴 일이 없었을 거예요. 인영이를 함께 거두느라 그랬지."

다르발지가 살짝 토라진 듯 정민의 손을 치웠다. 정민은 미소를 지으며 그녀를 토닥이듯이 더욱 세게 끌어안았다.

"그러고 보니, 조 낭자는 송나라로 가기로 결정을 내렸소?"

"아니요. 말씀이 나와서 말인데……."

다르발지가 정민의 품에서 떨어져 나와서 자세를 고쳐 마주 앉았다.

은은한 등롱(燈籠)의 불빛에 그녀의 수려한 외모가 슬쩍 비쳤다.

그러나 정민은 그녀의 딱딱하게 굳은 표정에 살짝 의문이 들었다.

"무슨 문제가 있소?"

"상공께서는 소첩에게도 말씀은 아니 하셨지만, 필시

고려의 일개 대신으로 머무르고자 하는 생각은 없으시
지요?"

"그게 무슨 말이오."

"마음이 어디까지 나아가 계신 줄은 소첩은 모르겠으
나, 상공의 눈에는 고려의 재추(宰樞)도 임금도 보이지
않고 막막한 천하만 보입니다."

"음……."

은연중에 드러나 보인 것일까.

정민은 아직 구체화되지는 않았지만 이번 출병이 마
무리 되었을 때는, 완전히 다른 국면이 열릴 것을 직감
하고 있었다.

임금의 심기를 살펴 가며 정적들을 쳐 내고 벼슬자리
를 다투는 그런 것이 아닌, 진짜 천하를 두고 쟁투(爭
鬪)하는 시대가 도래 할 것이라고 말이다.

그 싸움에서 정민은 뒤로 물러설 생각은 없었다.

때문에 고려 밖에서도 연을 넓히고 기반을 다지기 시
작했던 것이다.

그러나 그것은 어디까지나 정민의 마음 안에서 품고
있는 내용일 뿐, 아직 드러나서는 안 되는 것이었다.

다르발지에게 어디까지 밝혀도 좋을지 고민하는 사이,

그녀는 그에게로 바짝 다가 와서 허리를 끌어안았다.

"소첩에게 굳이 모든 것을 털어놓으실 필요는 없어요. 하오나, 소첩이 이 이야기를 꺼낸 이유는, 인영이가 앞으로 상공의 행보에 어떤 식으로든 도움이 될 것이라 소첩이 확신하기 때문이에요."

"조 낭자가 말이오?"

"어찌 되었든 송조(宋朝) 황실의 핏줄을 받은 아이랍니다."

정민은 다르발지의 눈에 서려 있는 확고한 집념(執念)을 보았다.

정민은 두근거리는 동시에 놀라운 기분이 들었다.

다르발지는 단순히 서방의 품에 안기기를 바라는 아내로서 지금 여기에 앉아 있는 것이 아니었다.

그녀는 이미 정민이 앞으로 헤쳐 나가야 할 난세의 풍랑에서 그 정치적 동반자가 될 준비가 되어 있다는 것을 그에게 보여 주고 있는 것이었다.

그녀의 관심은 아녀자끼리 다투는 내당의 정치가 아니었다.

용(龍)이 될 남편의 싸움을 적극적으로 돕는 것이었다.

"조 낭자의 생각은 어떻소?"

"송나라로 가 보아야, 천덕꾸러기 취급 아니겠어요. 더군다나 상공께서는 여인들 마음을 쉽게 훔칠 만큼 헌앙하시니, 이제는 사실 상공이 결정하기에 달려 있는 셈이지요."

"아직 섣부른 이야기 같소. 막 혼례를 치른 시점에다가, 연이와 그대만으로도 내가 잘 지켜 낼 수 있을지 버겁소."

"그런 약한 소리는 하지 마세요. 사내가 뜻을 품었으면 뒤를 돌아봐서는 안 돼요."

다르발지가 단호하게 고개를 저었다.

정민은 숨을 들이 삼켰다.

"내 진지하게 생각해 보리다."

"반드시 상공에게는 득이 될 일이에요."

정민은 다르발지에게, 또 자신이 여자를 들여도 진정 괜찮겠는가는 물어보지 않았다.

괜찮을 리가 없었다.

그러나 다르발지는 큰 여자였다.

그녀는 지금 적극적으로 정민의 앞날을 한 몸이 되어서 같이 고민해 주겠다 소리 없이 웅변하는 셈이었다.

정민은 그녀의 어깨를 바스러질 듯이 끌어안았다.

"늘 고맙소."

"……."

❖   ❖   ❖

1161년 4월의 끝 무렵.

정민은 자신의 막하(幕下)에 있는 이들을 모두 벽란
도로 소집하였다.

오랜만에 마주 앉은 면면들을 보자 정민은 시간이 부
쩍 빠르게 흐르고 있다는 것을 실감했다.

정민에게 가장 먼저 가세하여 일본과의 무역을 전담
하고 거상으로 성장한 금주상인 김유회(金由恢)는 바다
를 오고 가며 부쩍 강건해진 모습이었다.

이제는 관록이 붙은 것이 가만히 있어도 절로 여유가
보였다.

정씨 가문이 다시 조정에 출사하게 된 이후로, 동래
에 남아 호장직을 물려받게 된 정명해(鄭命海)의 모습
도 보였다.

정명해는 아직 젊고 기백이 넘쳤다.

눈동자에 번뜩이던 날카로운 기세도 이제 갈무리를 할 줄 아는 것을 보니 나름 동래현을 맡아서 관리를 하며 배운 것이 있는 모양이었다.

김유회의 옆에는 벽란도 상인 오저군(吳宁君)이 앉았다.

최근 들어 누구보다 바쁘게 움직이며 정민의 수족 노릇을 한 사람이었다.

풍채가 있다고 해도 좋을 정도로 살집이 올라 있던 그였으나, 금나라를 오가고 화약을 만드느라 그간 근심이 심했던 모양인지 홀쭉하게 말라 있었다.

정민은 그런 그가 든든하기도 하고 가엽기도 했다.

마지막으로 정명해의 옆에 앉은 것이 하두강(賀頭綱).

이 천주 출신 송나라 상인은, 일본 무역을 김유회가 전담하고 있듯이 대송(對宋) 무역을 맡아서 집행하고 있었다.

그간 정민의 곳간에 쌓인 수많은 재보의 상당수가 그의 손에서 만들어진 것이기도 했다.

이 넷은 이르자면 정민의 가신들이었다.

정민이 아무런 관직도 권력도 없던 시절부터 사방으

로 뛰며 그를 보좌해 준 사람들이었다.

다른 이들은 몰라도, 적어도 이들에 관해서는 정민은 확실하게 신뢰를 가지고 이야기를 할 수 있었다.

"내가 오늘 그대들을 한 자리에 모은 것은, 다름이 아니라 달포 앞으로 다가온 금나라 출정에 관하여 간략히 논하고자 해서일세."

정민의 말에 대충 짐작들을 하고 왔다는 듯, 네 가신이 고개를 끄덕였다. 정민은 그들을 바라보면서 말을 이어 나갔다.

"각기 맡은 일들이 심히 많아 밤낮으로 각골(刻骨)의 수고를 하고 있는 줄은 잘 알고 있네. 때문에 이번에 또 이렇게 부탁을 하게 되는 것이 저어되나, 앞으로의 우리 일문(一門)의 도약을 위하여 이번 출정만큼은 실패가 있어서는 절대 안 될 일."

정민의 말에 가신들의 눈이 살짝 떨렸다.

정민은 이제 더 이상 상단(商團)이란 말로 자신이 이끄는 무리들을 칭하지 않고 일문이라고 하고 있었다.

가신들을 포함하여 하나의 족벌(族閥)로서 앞으로 나아가겠다고 선포한 셈이었다.

"저희는 주군의 지체(肢體)요, 뜻대로 움직이는 자들

이니, 무슨 명이든 저어 없이 내리소서."

김유회가 바짝 엎드려서 정민에게 고한다.

그는 감격이라도 한 모양인 듯, 어깨를 살짝 떨고 있었다.

그렇잖아도 자기들끼리는 정민을 주군으로 칭하고 있던 가신들이었다. 어쩌면 그간 사람들을 거두어 천하를 경영할 무리의 우두머리가 될 준비가 안 되어 있던 것은 정민일지도 몰랐다.

이미 그의 가신들은 무슨 일이 있어도 정민의 뒤를 단단히 받힐 준비가 되어 있었다.

"그리 말해 주니 고맙네. 나는 이번 출정에 정명해를 대동하여 나의 부관으로 삼을 생각이네. 그리고 오저군은 이번에는 개경에 머물면서 총과 화약을 가급적 최대한 많이 만들어 두고 있게. 어쩌면 내가 금에 가 있는 동안 고려에서 아버님이 그것을 필요로 하게 될 수도 있네."

정민이 말하는 것은 가볍지 않은 이야기였다.

정민이 출정 가 있는 사이 개경에서 정변이 있을 수도 있음을 암시하는 것이었다.

사실 정변이 누구 손에 의해서 시작되느냐는 중요하

지 않은 노릇이었다.

정서와 대령후가 먼저 치고 나갈 가능성은 거의 없었지만, 임금과 그 주변의 간신배들이 먼저 정서와 대령후를 들이칠 가능성은 차고도 넘쳤다.

부디 그런 일이 없기를 바라지만 대비를 게을리 해서는 안 되는 노릇이다. 이에 관해서는 이미 정서와도 이야기가 마무리 된 터였다.

"저도 출정을 나가게 되는 것입니까?"

정민의 말을 곱씹던 정명해가 조심스레 물어 왔다.

정민은 고개를 나직이 끄덕이고 정명해의 의문에 대답을 해 주었다.

"동래를 믿을 만한 사람에게 맡겨 두는 것도 중요하지만, 너는 이제 거기서만 머무를 것이 아니라 군공(軍功)을 쌓고 명성을 얻어 조정으로 나아올 때가 되었다. 이번에 내가 기회가 닿는다면 너에게 그러한 공적을 쌓을 기회를 주고자 한다. 예전에 칼 한 자루 외에는 손에 쥔 것 없는 척준경도 북방 험토에서 숱한 무훈을 쌓아서 재추(宰樞)까지 오르지 않았더냐."

정민은 지금 역당(逆黨)으로 찍혀 언급이 저어되는 척준경의 이름을 올리고 있었다.

정명해는 자신을 척준경에 비겨 주는 정민의 말이 마음에 들었다.

애초에 정민에 대한 사적 충성 외에는 고려 조정에 대한 의리도 없고, 그를 백안시 했던 정씨 가문에 대한 애정도 그다지 없는 정명해였다.

그런데 지금 주군이 척준경을 운운하며 자신을 거론하고 있으니, 정명해로서는 마음이 벅차오르는 일이다.

그는 정민이 조정을 뒤엎으라면 뒤엎을 것이라고 다짐을 했다.

"명해는 그러니 동래에는 사람을 보내어 호장의 집무를 믿을 만한 자에게 대리케 하고, 출정 때까지 개경에서 머물며 준비하도록 하여라. 내가 조정에 말직이라도 무관의 벼슬을 내려 달라 주청을 할 것이다. 우리 집안의 가병 삼백을 내가 이번에 총으로 무장시켜서 데리고 나갈 것인데, 네가 이들을 지휘하고 이끌어야 할 것이다. 오저군의 안내를 받아서 총을 다루는 법을 익히고, 가병들과 어울려서 남은 시간 동안 훈련을 게을리 하지 마라. 시간이 촉박하고 부족하나, 좋은 기회가 될 것이다."

"넷!"

정명해가 엎드리며 복명했다. 정민은 이번에는 다시 시선을 김유회에게로 넘기며 입을 열었다.

"그대는 잠시 일본과의 거래에 전념키보다는, 금주와 동래에 그간 쌓아 온 상단의 기반을 이번 출정 동안 확실히 수성해야 할 것이네. 내가 방금 이야기하기도 했지만, 일이 틀어지면 출정 동안에 무슨 변고가 있을지 모를 일이네. 만약 그러한 일이 있을 경우에, 절대 있어서는 아니 되겠지만, 그때에는 그 기반이 우리가 다시 일어날 발판이 되어 줄 것이네. 때문에 그대의 역할이 이번에 중요하네. 눈에 보이지 않는 일일수록 더욱 수고롭고 중요한 법."

"가부가 있겠나이까."

김유회도 정민의 명을 받잡았다.

정민은 다시 오저군을 바라보며 보다 구체적으로 그가 해야 할 일을 지시해 주었다.

"앞서 말한 대로, 총과 화약의 생산을 게을리 하지말되, 혹여 일이 좋지 않은 방향으로 틀어진다면, 아버님과 내 처, 그리고 다르발지 등을 자네가 잘 보호하여 동래로 이끌게."

"명심하겠나이다. 소인만 믿으소서."

"그리 말해 주니 든든하이."

정민의 말에 오저군이 옅게 웃었다.

정민은 마음이 조금 편안해지는 것을 느끼며 마지막으로 하두강에게로 시선을 옮겼다.

"하 행수."

"말씀하시옵소서."

"그대는 개경과 벽란도에 쌓여 있는 우리 재산을 지켜야 하네. 내가 출정을 나가기 전부터 가능하다면 개경 내의 재산을 벽란도로 옮겨 놓고, 가능하다면 배로 옮겨 여기저기 안전하게 분산시키도록 하게. 재물 없이는 할 수 있는 일도 없음이야."

"여부가 있겠습니까."

정민은 네 명의 가신들에게 각기 해야 할 일을 일러 준 다음에, 주안상을 들이게 하여 순배를 돌렸다.

"이제 새로운 판이 열리게 될 것이야."

정민의 말에 가신들은 말없이 술잔을 들이켰다. 나름의 각오들을 단단히 하는 것이었다.

한 달여는 순식간에 흘러갔다.

5월도 다 저물어 갈 때가 되자, 임금은 드디어 행영 병마도총사 이공승(李公升)에게 양계(兩界)의 병력 2만을 지휘할 권한을 내리고 부월(斧鉞)을 내려 주었다.

상장군 정중부가 이공승의 명을 받들어 병력을 지휘 감독 하고, 이공승의 막하에 병부시랑 정민이 배속되었다.

정민은 이때에 이공승을 처음으로 보았다.

환갑을 이제 막 넘긴 나이의 꼬장꼬장해 보이는 노인이었다.

이공승은 자가 달부(達夫)로, 본관은 청주였다.

그 집안이 개국공신 이겸의(李謙宜)의 후예였다.

명문의 자제답게 일찌감치 벼슬길에 나아갔고, 지금 임금이 즉위한 지 얼마 되지 않았을 때 전중시어사(殿中侍御史)로 금나라로 사신을 다녀온 일이 있었다.

이때 금나라로 가는 사신들이 거느리는 군사들로부터 한 사람마다 은 한 근을 징발하는 것이 관행이었으나, 이공승은 단 한 푼도 거두지 않을 정도로 청렴함으로는 이름이 난 사람이었다.

예전 정함을 합문지후에 임명하는 일에도, 끝까지 반

대를 하여 임금의 노염을 산 일도 있었다.

결국 벼슬에서 잠시 물러났다가 다시 지주사(知奏事)
의 자리에 올라섰으나, 그 뒤로 임금은 이공승을 그다지
중용하지를 않았다.

그럼에도 불구하고, 이공승은 어느 한쪽을 편들지 않
고, 묵묵하게 자기가 맡은 일만을 해 왔기에, 임금은 이
번에 이공승을 앞장 세워 부월을 내린 것이었다.

대령후 일파에게 군권을 맡겼다가는 혹여 반역을 저
지를지도 모르거니와, 금나라에서 전공을 세우면 세운
대로 그것을 포상해 주어야 하니 골치가 아픈 노릇.

대패를 하고 돌아온다면 책임을 물릴 수 있겠으나,
그것만을 기대하고 정서와 같은 이를 병마도총사에 앉
힐 수는 없는 것이다. 때문에 적당히 눈에 거슬리는 이
공승을 병마도총사에 제수한 것이었다.

이공승이라고 이를 모를 리 없었다.

개경을 떠나서 양계의 병력을 인수하기 위해 서경까
지 올라가는 길에, 이공승은 불퉁한 얼굴로 정민에게 질
책을 했다.

"폐하가 무슨 의중으로 나에게 부월을 내리셨는지 내
모르겠는가? 폐하께서 덕이 없음은 다름이 아닌 밑의

사람을 믿지 못하고, 늘 의심하고, 추궁하는 탓이네. 그
런데 그대와 그대의 무리들은 그 의심을 돋우고 키워서
오늘에 이르렀으니, 내가 출정하여 나가는 길이 마음이
도무지 편치가 않네."

이공승은 정쟁에서 한 발짝 물러나 있기는 했지만,
두루 벼슬을 거치며 잔뼈가 굵은 사람이었다.

자신이 어째서 병마도총사의 자리를 받아야만 했는지
그 물밑에서 고려된 일들을 모를 리가 없었다. 마지못해
받아 든 부월이었다.

"저는 그저 폐하의 명을 받잡아 금 황제를 돕는 일만
생각하고 있습니다."

정민은 이공승의 추궁에 슬쩍 발을 뺐다. 그러나 이
공승은 못마땅하다는 표정을 풀지 않았다.

"군대를 회군하여 반역이라도 할 생각이라면 내가 용
납하지 않을 것이네. 그러나 나는 아까운 병사들을 잃어
가며 금 황제의 이득만 채워 줄 생각도 없네. 이러한 방
편에 동의만 하여 준다면, 내 그대를 괴롭게 하지는 않
을 것이야. 알겠는가?"

"여부가 있겠습니까."

정민은 금나라로 넘어가게 되면 이공승을 어찌해야

할지 고민이 되었다.

실질적인 병력의 지휘를 맡고 있는 상장군 정중부가 자신의 편이니, 이공승이 없이도 병력을 이끌 수는 있다.

그러나 어찌 되었든 임금이 명을 내려 파병군의 우두머리로 삼은 건 이공승. 온 고려 땅이 그러한 사실을 알고 있었다.

이공승을 제거하는 것은 하책이었다.

아무리 입을 단속하더라도 결국 이공승이 모략에 의해 목이 베이거나 하였다면 그것을 아무도 모를 수는 없었다.

이공승이 실질적으로 권한을 행사하지 못하도록 감금하거나 손발을 묶어 두는 것은 중책이었다.

이것은 금나라로 건너가서 기회가 닿는다면 실행 가능한 방법이었다.

상책은 이공승을 설득해 자신의 편으로 삼는 것.

그러나 어떻게?

'하나하나가 쉽지 않구나.'

산 넘어 산이었다.

개경에서 출정을 준비하는 동안 여러 가지 방법을 생

각해 보지 않은 것은 아니었다.

그러나 이공승이라는 사람이 어떠한 생각을 가지고 있는지 알 길이 없거니와, 당장의 출정 준비만으로도 고려해야 할 것이 산더미였다.

어떻게든 금 황제가 아니라 갈왕의 군세에 가담하기 위해서는 이공승을 설득시키든지, 무력화시키든지 해야만 한다.

정중부가 있으니 어떻게든 될 것이라 안일하게 생각하기에는 이공승 자체가 만만치 않은 사람임은 확실했다.

"흐음……."

서경에 도착하여, 군막을 꾸렸을 때, 정민은 정중부를 찾아가 대략적으로 생각하고 있는 바를 읊어 주었다.

출정을 나가게 되면 전적으로 정민의 방략에 동조를 해 줄 것이라고 마음을 먹은 정중부였으나, 금 국경을 넘어서자마자 금 황제에게 가지 않고 갈왕 완안옹에게 투항하여 그를 제위에 올리고 고려로 돌아올 것이라는 정민의 계획에 두려움이 드는 게 사실이었다.

"쉽지 않을 것이오."

"그래도 해야만 합니다."

"하긴, 내가 보기에 임금이 우리에게 병력을 쥐어 보낸 것은, 어떻게든 우리를 고립시키려는 꿍꿍이가 있기 때문이오. 그런데 한 치 이득 될 것도 없고 병력만 과중하게 손실을 입을 것이 분명한 금황제의 남정을 거들 수는 없는 노릇이고……. 갈왕이 성공하겠소?"

정중부의 말에 정민은 확신 있는 얼굴로 고개를 끄덕였다.

"분명히 가능합니다."

괜한 자신감은 아니었다.

정민은 실제로 지금의 금 황제, 해릉양왕이 남정을 과도하게 일으킨 때에, 금 세종이 되는 완안옹이 거병하여 결국에는 금의 보위를 찬탈한 일을 알고 있었다.

실제로 만나 본 완안옹은 그런 일을 수행할 능력이 충분히 되어 보이는 사람이었다.

심계가 깊고, 흔들림이 없었다. 사랑해 마지않던 아내를 모질게 잃은 일에서도 결국 일어선 사람이었다.

"결국 도총사를 어떻게 묶어 두느냐가 문제인데……. 혹여 그를 억류시키고서 우리가 군대를 움직여 완안옹을 도와 일이 성공한다고 하더라도, 고려로 돌아가면 임금은 그것을 핑계 삼아 벌을 단단히 주려고 할 것이오.

목숨이 남아나겠소?"

"승전 뒤에는 선택할 수 있는 패가 넓어집니다. 고려의 보위에 꼭 지금의 임금이 앉아 있으리라는 법도 없잖습니까? 귀환할 때에는 우리에게 적어도 일만 이상의 전투를 경험한 병력이 있습니다."

"그, 그 무슨……."

정중부의 눈빛이 거세게 흔들렸다.

이 정도로 대놓고 설득을 하는 것도 정민으로서는 도박이었다.

그러나 정중부의 마음속에 깊은 불만을 정민은 잘 알고 있었다. 실제로도 결국 그는 임금에게 칼을 돌리게 되지 않았던가?

"반드시 그러겠다는 이야기는 아닙니다. 그러나 임금이 좋지 않은 의도를 품고 있다면, 저희가 떠나 온 사이에 분명히 개경에서는 사달이 날 것입니다."

"그렇다면 차라리 병력을 인수하자마자 이공승을 목을 베고 회군하여 개경을 불시에 들이치는 것이 낫지 않겠는가?"

정중부가 떠보듯이 물어 온다.

그러나 그런 방법을 정민은 쓸 수 없었다.

"저희가 압록수를 건너지 않는다면, 갈왕은 보다 분투를 해야 할 것이고, 어쩌면 금 황제가 결국에는 천하를 평정하게 될지도 모를 일입니다. 금 황제가 살아남든지, 아니면 갈왕이 보위를 빼앗든지, 결국에는 병력을 보내지 않은 고려를 탓할 것입니다. 혹여 저희가 회군하여 고려의 정권을 장악한다고 하더라도, 뒤가 편치 않을 것이고, 짧은 잔치로 끝날 가능성이 높겠지요. 그리고 병력을 인계받자마자, 이유 없이 회군한다면 병졸들의 충성심을 얻을 수도 없습니다. 금나라에가서 산전수전을 겪고, 돌아오는 길에 나라를 위해 목숨을 바쳐 가며 싸운 병졸들을 임금이 역도로 몰려고 한다는 소문 한 번만 돌린다면, 이들은 앞다투어 개경을 노리는 창검이 되어 줄 것입니다. 그래서 반드시 금나라로 가야만 합니다."

"그러나 그사이에 개경 안에 변란이 크게 일어나, 모든 가솔들이 다 목이 베이고 난 다음이라면 그게 다 무슨 소용인가?"

"혹여 모르는 일이니 제 부친과 상의를 마쳐 나름의 준비를 해 두었습니다. 그러나 일이 벌어져서 좋지 않은 결과로 끝난다면, 그것은 어쩔 수가 없습니다. 다만 두 배로 돌려주는 수밖에요."

"자네 젊은 나이에 심기가 매우 날이 섰소이다."

정중부는 혀를 끌끌 차며 등을 호피 가죽이 걸쳐진 걸상에 묻었다.

그는 잠시 고민을 하는 듯 눈을 감고서 숨을 크게 들이키더니, 번쩍 눈을 다시 뜨고 정민을 노려보았다.

"나로서도 모든 것을 거는 싸움이 될 것이외다."

"반드시 성공할 것입니다."

"최종적으로는 갈왕을 만나보고 결정하도록 하겠소. 물론 오늘 이야기는 결과가 어찌 되든 내 평생 입 안에 묻어 둘 것이오. 그리고 결정이 난다면, 이공승은 갈왕의 도움을 받든, 아니면 설득을 하든, 어떻게든 해결이 될 것이오."

"그것이면 충분합니다."

정중부는 이미 마음의 결정을 내린 상태일 것이다.

정민은 이쯤하면 충분하다고 생각했다.

이번의 모험은 성공해야만 했고, 성공할 것이다.

정중부의 붉어진 얼굴이 그의 심장이 거칠게 뛰고 있음을 알려 주었다.

그 얼굴을 보면서, 정민은 승리의 가능성을 조심스레 점쳐 보았다.

제33장

반역의 칼날

금나라와 국경을 마주하고 있는 양계(兩界)의 병력 2만은 임금의 명을 받들고 1161년 6월 초하루에 서경에 집결을 마쳤다.

임금의 부월을 받들고 금조(金朝)를 돕기 위해 이공승이 그 병력을 인수하여 다시 북행을 시작하였다.

음력 6월은 더위가 가시지 않은 한여름이었다.

겨울에 추위가 혹독한 북방이라고 해서 여름이 달리 덥지 않은 것도 아니다.

찌는 듯이 숨이 턱턱 막히는 여름에 만리타국으로 원정을 나가기 위해 행군하는 것은 매우 지치는 일이었다.

더군다나 대부분의 병력들이 이미 출병에 합류하기 위해 적게는 사나흘에서, 많게는 한 달 가까이 걸려 서경까지 행군해 온 터였다.

그러나 이공승은 출발을 미루지 않았다.

"늦어지면 늦어질수록 금 황제에게 책잡히게 될 것이니 달리 도리가 있는가."

단 사흘만을 쉬고서 북행하는 2만 병력은 사기가 매우 떨어져 있었다.

정민은 한 번 이공승에게 주청하여 병력을 쉬게 하자고 말만 꺼내 본 다음, 그 뒤로는 일부러 병력의 사기가 떨어지거나 말거나 신경을 쓰지 않았다.

아니, 오히려 이공승이 전공을 세우고자 병졸들을 재촉하고 있다는 소문이 도는 것을 막지 않고 오히려 부추겼다.

급하게 준비된 파병군이다 보니 식량은 부족하고, 전염병이 돌 조짐까지 있었고, 무장 수준도 높지 않았다.

지쳐 있는 군대를 이끌고 하루 백 리 가까이의 행군을 독촉하는 상황이니 불만이 무성할 수밖에 없었다.

이들을 이끌고 온 지방군관들도 불평이 가득하기는 마찬가지였다.

애초에 무관이 대접받지 못하는 나라였다. 지방군의 군관이면 더 말할 것도 없었다.

문관 출신에 물정 모르는 이공승이 채근하기만 한다는 불만이 나오고 있었다.

"이 정도로 지쳐 있을 줄은 몰랐소. 병사들의 뱃가죽은 등에 들러붙었고, 눈 아래는 검게 죽고, 입술은 말라서 갈라지고 있소. 이런 군세를 이끌고 어떻게 싸움을 할 수 있을지 모르겠소이다."

압록강에 거의 다다랐을 때, 정중부는 병졸들 사이를 순회하며 그 상태를 점검 해 보고서는 한숨을 길게 내쉬었다.

정민이 보기에도 병사들의 상태가 전혀 좋다고 할 수 없는 상황이었다.

예전, 금나라가 동북방에서 발흥하던 때에 고려에게 있어 양계의 병력이야말로 국운을 건 싸움에 투입되어야 할 최정예들이었다.

부족한 곡식이라도 이들이 굶지 않게 신경을 써서 보급하였고, 무기나 갑주가 늘 성한 상태로 유지될 수 있도록 지휘관들도 신경을 썼다.

덕분에 비록 나중에는 금나라의 위세에 굴복하였다고

하더라도 지치지 않고 분전할 수 있었던 것이다.

그러나 시대가 바뀌었고, 아슬아슬한 안정기가 길어지고 있다.

위협은 언제고 다시 고려에 들이닥칠 수 있었으나, 북방의 국경이 금나라의 성장과 함께 일순 안정되면서, 쇠락해가는 나라의 재물은 모두 개경으로 끌어 모아져서 사치와 향락에 탕진되었다.

북방에서 짊어지는 병역은 고된 것이 되었고, 무관들은 그곳으로 보내지는 것을 좌천으로 여겼다.

이런 상황에서 병력의 질이 좋게 유지될 리 만무했다.

게다가 그런 병력을 한여름 혹서(酷暑)에 채근하여 천 리는 족히 넘을 장도(長途)를 행군하게 하고 있으니 그 피로감이야 더 말할 필요가 없을 것이다.

"일전 금나라에 국사로 파견될 때와는 사뭇 다르군요."

정민은 부연하여 감상을 늘어놓지는 않았다.

소수의 병력만 대동하고, 사절단을 이끌어 금나라에 한 번 다녀온 정민이었다.

그러나 2만의 대군을 끌고 가는 것은 전혀 다른 이야기.

아무리 노회한 이공승이라 하더라도 군사 경험 없이 이런 군대를 이끄는 것에 갑작스럽게 조예가 생길 리 없었다.

더군다나 자신이 정략적 이유로 애꿎게 이기나 지나남는 것이 없는 전쟁을 책임지게 되었다고 생각하고 있는 사람이었다.

말단의 고됨이 그의 눈에 보일 리가 없었다.

"이대로라면 금나라에 도착했을 때 싸울 여력이 당최 남지를 않을 것이오."

정중부는 진심으로 걱정이 되는 모양이었다.

그의 수염이 움찔거리면서 이런 식으로 병력을 방치해서는 안 된다고 노성을 토해 내고 있었다.

오랜 세월 군문에서 잔뼈가 굵은 무장다웠다.

그러나 정민은 조금 가혹한 일이지만 이런 상황을 좀 더 끌어야 한다고 생각했다.

"내버려 두어야 합니다. 다소간 괴롭더라도 어쩔 수가 없습니다."

"그대의 사병들은 잘 먹이고 있지 않소? 왜 따로 쟁여 둔 곡량을 풀지 않는 것이오?"

정중부의 불만은 바로 그것이었다.

정민이 따로 편성하여 끌고 온 사병들을 정민의 사재로 먹이는 것은 당연한 일이었다.

고려 조정은 그런 데에까지 베풀어 줄 여유도 의지도 없었다.

그런데 정민이 이들을 위해 확보한 군량은 삼백 명은 훌쩍 넘는 분량의 것이었다.

아껴 나누어 먹이면 일천 정도는 한 달 가까이 먹일 수 있는 양인 것이다.

그런 마당이니 정민의 사병 삼백은 모두 이 곡량을 나르는 일에 투입되어 있었다.

쉬지 않고 북쪽으로 내달리기만 하는 행군길이니 총을 더 정교하게 다루는 일을 연습할 시간도 없었다.

정민은 그러한 무기를 미리 확보하여 가져간다는 이야기를 일절 꺼내지도 않고, 군량 더미 안에서 잘 보관해 두도록 일러 두고 있을 뿐이었다.

그것이 정민의 사병들을 위한 군량임을 아는 정중부야, 정민이 그것을 풀지 않는 것이 못내 불만이었으나, 그러한 사실을 모르는 일반 병사들은 수레더미에 군량이 충분히 있는 것이 보이는 데도 베풀지 않는다며 점차 이공승에 대해서 원망이 자자해져 가고 있었다.

"도통사에 대한 불만이 좀 더 무르익어야 합니다. 금나라 동경까지만 어떻게 도착하면 저희가 바라는 대로 일이 절로 풀리게 될 것입니다."

정민의 말에 정중부가 아차 하며 입을 닫았다. 그제야 정민의 속셈을 깨달은 것이다.

그는 정민이 교활하고 무서운 면이 있다고 생각했다.

그러나 아군의 교활함은 든든한 힘이 되는 법이다. 표정이 풀린 정중부가 정민에게 너그러워진 목소리로 되묻는다.

"당연히 이 도통사의 귀에는 이러한 것들이 들어가서는 안 되겠지요?"

"물론입니다."

정민은 일부러 자리에서 일어나 군막의 한쪽을 걷고, 압록강 강변 둔덕에 포진하여 내일의 도강을 준비하고 있는 병대(兵隊)를 정중부에게 보여 주었다.

"죽지만 않는다면 먹이고 쉬게 하여 회복할 수 있습니다. 지금 제가 가진 군량을 다 풀어도 이만 병력이 사흘도 못 먹지만, 동경에 가서 이 병력을 갈왕에게 의탁하면 그가 군량을 내어줄 것입니다. 그러나 도통사의 생각처럼 이대로 군대를 이끌고 간다면, 채 금나라 황제가 원하는 강남(江南) 전선에 다다르기도 전에 병력 가운데 삼분의 이는 죽고 쓰러져 불귀의 객이 될 것입니다."

"맞는 말이오. 그럼 나는 그동안 무관들을 어르고 포섭해 두고 있겠소."

"지금 저희가 해야 할 일이 바로 그것입니다."

"좋소. 그만 물러가 보겠소이다."

정중부가 고개를 끄덕인다. 확실히 납득을 한 모양이었다.

못 배운 무부(武夫)였으나 세상을 보는 지혜는 있는 사람이었다.

정민이 하고자 하는 말을 모를 리가 없었다.

"너도 잘 들어 두었느냐?"

정중부가 걸음을 휘적거리며 정민의 막사에서 물러간 뒤, 정민은 막사 밖에서 경계를 세워 두었던 정명해를 불러들였다.

막사 밖이라지만 지근거리이니 오고 가는 이야기를 분명히 들었을 것이다.

"계획대로만 된다면 필히 큰 힘 안 들이고 이공승을 밀어낼 수 있겠더군요."

"그렇다. 우리가 굳이 나서지 않아도 아래에서 이공

승에 대한 불만이 급증할 것이고, 더불어 임금의 부월을
쥔 장수를 쳐 내고 나면 자기들끼리 절로 뭉치게 될 것
이다. 가만히 있으면 반역자가 될 판인데, 살길을 열어
주고 도리어 금의환향 할 수 있게 된다고 하는 자가 있
으면 절로 따르게 될 것이다."

"어쩐지 갈왕을 도와 금나라 황제를 치는 싸움에 참
여하는 것이 아니라, 고려를 둘러싼 싸움을 위해 나아가
는 기분입니다."

"우리 몸은 금나라에 있겠으나, 전장은 금나라가 아
니라 개경이 될 것이다."

정민의 말에 정명해는 대답을 하지 않았다.

저 너머로 보이는 압록수에 떨어지는 햇살이 그저 뜨
겁게만 느껴졌다.

튀어 오르듯 물살 위로 부서지는 빛줄기들을 보며 정
명해는 새삼 정민이 놀랍다고 생각했다.

"이게 대관절 무슨 일인가!"

압록강을 건넌 2만의 고려군은 큰 방해 없이 동경을

향해 나아갔다.

이공승의 눈에도 병사들이 매우 지쳐 있는 것이 보이는지라, 일단 금나라 국경을 넘은 뒤에는 가혹하게 행군을 몰아붙이지는 않았다.

하나 이미 불이 붙은 불만은 사그라지지 않고 있었다. 물론 교묘하게 정민과 정중부가 뒤에서 부추기고 있기도 했다.

그러나 아무리 기율이 무너진 군대라고 해도, 부모처자식이 모두 고려 땅에 매여 있는 병사들이었다.

불만이 가득했지만 마땅한 대안이 없는 상황에서 칼을 거꾸로 쥐지는 않고 있었다.

그러나 딱 거기까지.

이미 2만 병력 가운데 천 명 가까이가 사실상 전투에 투입될 수 없을 정도로 몸이 상해 버렸다.

동경에 다다를 즈음에 와서는 이미 이백은 되는 자가 길에 쓰러져 목숨을 잃었고, 그 갑절 정도가 탈영하여 자취를 찾을 수 없었다.

이공승은 그래도 동경에 도착하면, 원군이기도 하니 금 조정의 도움을 받을 수 있을 것이라는 막연한 기대가 있었다.

그런 기대가 있기에 더더욱 동경까지 걸음을 재촉하기도 한 것이다.

그런데 금나라 동경로 경계에 들어서자마자 이공승의 기대는 물거품이 되고 말았다.

어쩐 일인지 동경에서는 환영을 하여 접객을 하기는커녕, 물경 일만쯤 되어 보이는 병력을 내보내어 시위하고 있었던 것이다.

이공승은 자신이 황제의 요청을 받아 고려 국왕이 보낸 원병이라는 사실을 그들에게 알렸으나, 돌아오는 대답은 없었다.

그렇게 지원도 받지 못하고, 동경부 안으로 들어가지도 못한 채, 동경부 삼십 리 밖에서 족히 일곱 날을 기다리기만 하게 된 것이었다.

상황이 이러다 보니 이공승이 뿔이 나는 것도 당연한 일.

본래 성품이 모질지 못한 사람이고 대쪽 같은 이다보니, 그 화를 아랫사람에게 풀어 대지는 않았으나, 얼굴은 거무죽죽하게 죽어 가고, 신경이 매우 예민해져 있었다.

그러던 와중에 드디어 동경에서 사람이 나와서 이공

승과 열 명 남짓한 수행원만 일단 동경에 들어와 갈왕을 접견하라는 요구를 전하자 그만 폭발하고만 것이었다.

"대체 이게 무슨 말도 안 되는 요구요? 이미 귀국 황제 폐하는 남정을 시작했다고 들었소이다. 그런데 지금 식량을 지원 받고 바삐 움직여도 모자랄 판국에, 병력을 어디 진주시키고 식량은 어떻게 줄 것이며, 어떠한 길로 움직이라는 안내도 없이, 일개 관청 서리를 보내어 갈왕의 연회에 들라고 말 하는 것이오?"

이공승의 분노는 당연한 것이었다.

아무리 정치적으로 사대의 예를 취하고 있다고는 하나, 본질적으로 금나라 황제는 고려의 내정에 간섭을 하지 못했다.

고려도 안으로는 황제의 제도를 경영하는 나라였다.

그런 고려가 어찌 되었든 금나라 황제의 요청을 받잡고 원병을 2만 가까이 보냈다.

그런데 왕작(王爵)을 쥐고 있다고 하나, 일개 지방의 태수가 지금 협조는커녕 고려왕의 부월을 받든 지휘관을 들라 마라 하고 있는 셈이었다.

"진정하시고 갈왕의 요청에 따르시지요. 어찌 되었든 그의 협조 없이는 앞으로 나아가기가 어렵습니다."

정민이 차분하게 이공승을 달랬다.

이공승은 어째서 이러한 상황이 벌어졌는지는 도무지 알 길이 없으니, 정민이 그저 자신의 분노를 잡아 준다 생각할 뿐이다.

그러나 옆에 서서 이공승을 어르고 있는 정민의 속은 이미 동경에 입성하면 벌어질 일들을 헤아리고 있었다.

'어리석지도 않고, 사람이 못되지도 않았다. 그러나 이공승은 너무 정도(正道)를 고집한다. 그러나 세상에 정도라는 것이 어디 따로 있던가.'

정민은 속으로 혀를 찼다.

태평성대의 관료로서 이공승은 어디 하나 손색이 없는 사람이었다.

치우침도 없고, 사리사욕을 추구하지도 않고, 도리만을 보는 사람이었다.

본신의 재주가 모자라지도 않으니, 성군에게 기용되었다면 마땅히 그 옆을 잘 보좌하고도 남을 사람이었다.

그러나 정민이 보기에 지금 세상은 어딜 봐도 난세에 가까웠지 성대(聖代)는 아니었다.

그렇기 때문에 이공승은 결국 자기 발을 옭아매게 된 것이었다.

"저와 함께 일단 동경으로 들어가시지요. 갈왕을 만나 이쪽이 원하는 바를 잘 전달하면 아마 들어주지 않겠습니까?"

정민의 말에 이공승이 마지못해 고개를 끄덕였다.

그는 정중부도 함께 들어가자고 하였으나, 정민이 도통사도 자리를 비운 마당에 상장군까지 동경에 들어가면 병력을 통제하는 데 문제가 생긴다고 만류를 했다.

물론 그것은 정중부를 이곳에 남겨 합을 맞추기 위해서였다.

그러나 이공승은 다행히도 잘 납득을 했고, 다음 날 날이 밝자마자 정민을 포함하여 10여 명의 수행을 꾸려서 동경성으로 들어섰다.

"이곳도 남정을 준비하느라 여념이 없었던 모양이군."

동경성에 들어서면서, 이공승은 성 밖에 주둔하고 있는 병력들을 보고서 이제야 이해가 간다는 듯이 말했다.

동경도 황제가 요구하는 병력을 차출하기 위해 징병을 해 대느라 정신이 없었던 것으로 생각한 모양이었다.

반은 맞고 반은 틀린 말이다.

이미 갈왕이 황제가 남정을 시작하자마자 거병하여

주변의 성과 주들을 평정하고 여진병이니 한병(漢兵)이니 할 것 없이 끌어모아서 중도를 칠 준비를 하고 있다는 사실을 이공승이 알 도리가 없었다.

이미 동경성 백 리 밖에 오자마자 정명해를 몰래 시켜서 동경성에 연락을 닿게 한 정민은 그 내용을 파악하고 있었지만 말이다.

"무슨……!"

동경성에 들어설 때는 안색이 꽤나 풀어진 이공승이었으나, 그것이 다시 굳는 데는 얼마의 시간도 걸리지 않았다.

동경성에 들어서자마자, 갈왕의 궐전으로 안내를 기다리고 있던 이공승을 기다린 것은 포승줄이었다.

어떠한 해명도 듣지 못한 채 이공승과 그 수행원들은 모두 포박되어 동경의 감옥으로 끌려갔다. 정민에게는 이미 익숙한 장소였다.

"도대체 이게 무슨 영문인가!"

아무런 이유도 알려 주지를 않는다. 고작 열 명의 수행원을 이끌고 왔으니 저항도 무용이었다.

여진말로 지껄이고 있는 병사들이 하는 말은 이공승의 귀에는 그저 아무 의미 없는 소리로 들릴 뿐이다.

난데없이 사로잡혀 옥에 갇힌 이공승의 머릿속에서는 수많은 생각이 스쳐 지나갔지만 어찌 된 영문인지 알 도리가 없었다.

감옥으로 끌려오자마자 정민을 비롯한 다른 이들과도 모두 찢어져 수감이 된 탓에 상의를 해 볼 수도 없는 노릇이었다.

"나와서 황제 폐하를 알현할 준비를 하시오."

그렇게 나흘이 지나서야 이공승은 겨우 부름을 받고 나올 수 있었다.

사흘을 죽만 먹으며 빛 하나 들지 않는 옥 안에서 홀로 있었던 그였다.

얼굴에 시름이 잔뜩 낀 채로 죄인처럼 갈왕 앞으로 끌려 나온 그는 무슨 영문인지 따져 묻고 싶은 마음이 한가득이었으나, 분위기가 이미 심상치 않음을 알고서는 고개를 숙인 채로 묵묵부답 갈왕의 편전 아래에 앉아 있었다.

다만 남정을 나가 있어야 할 금나라 황제가 지금 동경에 있다니 일이 심상치 않음을 짐작할 뿐이다.

"고려국 도통사 이공승이 너이냐?"

갈왕 완안옹이 묻자, 이내 옆에 시립해 있던 역관 하

나가 말을 옮기어 이공승에게 전해 주었다.

"그, 그렇사옵니다."

"분명 의문이 가득할 것이다. 짐은 금나라의 사직을 바로잡고자 폐제(廢帝)의 싹을 끊어 낼 작정으로 거병을 하여 지금 중도로 출병을 할 생각이다. 그런 와중에 갑자기 국경을 넘어 고려병들이 들이닥쳤으니 과연 근심거리가 되었도다. 그래서 너를 꾀어내 붙잡아 짐의 앞에 앉힌 것이니, 이제 네 목숨은 네가 마음을 먹기에 달렸다."

"무, 무슨 말씀이신지 잘 헤아리지 못하겠나이다."

이공승의 머리가 까맣게 굳었다.

전해진 말만 놓고 보았을 때 갈왕이 반역의 깃발을 들었다고밖에 해석이 되지 않았다.

고려에서 해로를 통해 병력을 보내지 않고서야 육로로 가야 할 것이고, 육로로 갈 때는 금나라 동경을 거치지 않을 도리가 없었다.

그 길목에서 갈왕이 금나라 황제에 대해 반역을 하였다면, 이공승 자신이 이런 처지에 처하게 된 것도 당연한 노릇이었다.

"생각보다 아둔한 자로다. 지금 변량(汴梁)에서 송나

라를 치고 있는 폐주를 거들 것이 아니라, 금나라 사직
을 바로 잡는 일에 네가 이끄는 병력으로 참여하라는 이
야기이다."

완안옹의 말에 이공승은 숨이 턱하고 막혔다.

"병력을 다시 이끌고 고려로 되돌아가겠나이다."

"불가하다."

이공승은 자신의 입장에서 내어놓을 수 있는 최선을
제시해 보았으나 완안옹은 허락하지를 않는다.

꼼짝없이 여기서 목이 베이거나, 병력을 이끌고 투항
을 하거나 양자택일을 요구 받고 있는 것이다.

"공신이 될지 역신이 될지는 지금 네 판단하기에 달
려 있다. 알겠는가?"

이공승이 고민하는 지점을 완안옹이 모를 리 없었다.

그러나 이공승에게 있어서는 마른하늘의 날벼락. 차
라리 지금 여기서 목이 베이는 것이 낫겠다고 결국 결정
을 내렸다.

"어찌 될지도 모르는 일에, 감히 임금의 부월을 받잡
고 황제를 거들라 보내져서, 그 뜻에 거스르는 일에 병
사를 움직이겠습니까. 차라리 소인을 베십시오."

이공승의 대쪽 같음은 그를 구해 줄 수는 없었다.

완안옹은 이공승의 대답에 감탄하기는 하였으나, 그가 원하는 것을 들어주지는 않았다.

바로 목을 베지는 않았으나, 어떠한 처분도 일러 주지 않고 다시 감옥에 가두어 버린 것이다.

❖　❖　❖

정민이 갈왕 완안옹과 몇 달 만에 다시 마주 앉게 되었을 때, 그는 황제의 곤포(袞袍)를 입고 있었다.

아직 사방으로 포고를 내리지는 않았지만, 그는 이미 열흘 전에 동경에서 황제에 즉위할 것을 선포하고, 남쪽 전선에 머물면서 송나라를 공격하기 시작한 금제(金帝) 완안량이 하늘의 보우(保佑)를 잃어 천자의 자리에 앉아 있을 자격이 더 이상 없다고 선언했다.

아직은 동경로를 중심으로 해서 금나라 전토의 사분의 일도 안 되는 영역만이 그의 명을 받들고 있었지만, 그는 채 일 년이 지나기 전에 금나라 전체를 평정할 것이라는 자신감이 있었다.

"몇 달 사이에 여진 귀족들을 모두 어르고 동경뿐만이 아니라 여러 로(路)들을 얻으신 것을 감축드리나이다, 폐하."

"그대도 약조한 대로 고려병을 이끌고 시기에 늦지 않게 도착해 주어 고맙네."

정민은 완안옹이 예상 이상으로 빠르게 주변을 장악하고 완안량에게 꽂아 넣을 비수를 잘 갈아 놓았다는 것에 적잖이 놀랐다.

몇 달 사이에 동경에 모여 있는 병력은 두 배가 넘게 불어나 있었고, 하나같이 잘 무장되어 있었다.

물론 완안옹이 결단을 내리기 전부터 그 장인인 이석이 조심스레 준비하며 초석을 닦아 놓은 것이기는 했다.

또 남정(南征)을 할 병력을 징발하라는 칙령에도 불구하고 오히려 그 병력을 반기를 세우는 데 모았으니, 병력의 손실이 없는 것도 당연한 일.

그러나 피 한 방울 흘리지 않고 몇 달 동안 갈라로, 파속로, 구(舊) 상경(上京) 일대의 모든 성새와 부락들을 통합하여 자기 막하에 결집시킨 것은 누가 보아도 대단한 성과였다.

그만큼 완안량이 신임을 잃었고, 완안옹은 민심을 얻고 있다는 이야기이도 했다.

"약속대로 해 주었으니, 이제 2만의 병력은 그대가

이끌 수 있다고 보면 되겠는가?"

"지금 병력을 모두 통괄하고 있는 상장군 정중부가 저와 손을 잡은 사람입니다. 우려하지 않으셔도 될 것입니다. 그리고 미리 아뢰었던 바 대로, 도통사 이공승이 자기 영달을 위하여 전공 욕심에 폐하를 위시한 동경을 공격하고자 계획하였다가 붙잡힌 것으로 말을 퍼뜨릴 생각입니다."

"그자가 보아하니 대쪽 같은 성품이 있기는 해 보이던데, 안쓰러운 일이 되었네. 그러나 지금 같은 난세에 그런 성정은 도리어 자신과 주변에 해가 될 뿐."

그것만큼은 완안옹에게 적극 동의하는 정민이었다.

결국 난세에는 어떤 지조를 견지하는 것보다도, 자신과 자신의 주변을 지켜 낼 힘이 있는 것이 중요했다.

자신의 절개를 세상이 알아줄 것이라 안일한 마음가짐으로 살아가다가는, 언젠간 모략으로 다른 이가 자신의 모든 것을 집어삼키는 것을 보아야 할 순간이 오고 말 것이었다.

"보아하니 병력이 많이 주리고 지쳐 보이던데, 과연 그 책임을 모두 이공승에게 전가시킨다면 병사들을 잘 구슬리는 것은 어렵지 않겠지."

확실히 보는 눈이 있어서 상황을 잘 간파한 완안옹이었다.

"분명히 그렇사옵니다. 다만 폐하께서 군량을 넉넉히 내어주셔야만 합니다."

"마치 맡겨 놓기라도 한 것처럼 말하는구먼."

말은 불퉁하긴 했으나 기분 나쁜 내색은 아니었다.

"폐하를 위해 2만의 정병을 대령하였나이다. 그들이 바라는 것은 오로지 배부르고 몸을 잠시 쉬게 하는 것이니, 폐하께서 성은을 베푸소서."

"늘 느끼지만, 그대는 너무 쓸데없이 구변(口辯)이 좋다."

완안옹은 어쩔 수 없다는 듯이, 옥좌에 앉으며 손을 내저었다.

그는 동경로의 군량을 책임지는 사람을 불러다가, 정민이 보는 앞에서 동경성 밖에 주둔하고 있는 고려군에게 군량 만 석을 우선 내어주라고 지시했다.

지금같이 아직 가을걷이도 하지 못했고, 전쟁 준비로 인하여 식량이 고갈 나고 있는 상황에서 완안옹이 매우 큰 인심을 쓴 셈이었다. 물론 그 대가로 고려군은 그만큼의 몫을 다가올 전쟁에서 해야만 할 것이었다.

"여하간 고려군이 도강하여 파속로를 행군하고 있다는 소식을 들었을 때에만 하더라도, 누가 그것을 지휘하고 있는지 확신할 수 없어 내심 불안한 마음이 있었는데, 미리 밥상을 차려 놓고 나보고 숟갈을 뜨라고 전갈을 준 덕에 짐이 안심을 하였다."

밥상을 차려 놓았다는 이야기는 다름이 아니라 고려군을 피폐하게 만들어 이공승에 대한 인심을 잃게 만들어 놓고, 이공승의 눈과 귀를 막아 동경성 안에 들여보내 사로잡히게 만든 것을 이야기하는 것이었다.

정민은 동경로에 들어서자마자 정명해를 보내 이 모든 내용을 완안옹에게 알리고 협조를 구했다.

"마땅히 해야 할 일을 했을 뿐입니다. 다만 이공승의 목은 베지 마시고, 감옥에 두되 건강을 상하게 하셔서는 아니 됩니다. 고려로 돌아갈 때에 개경을 뒤엎을 군대의 우두머리로 이공승의 이름을 다시 팔 생각입니다."

"그자는 저도 모르게 한 일도 없이 사서(史書)에 이름이 올라가겠군."

"원하지 않는다고 하더라도, 결국 그때에 가서 자신의 이름으로 고려왕과 그 졸개들을 성토하는 격문이 나붙고 병력이 시시각각 개경으로 다가오게 된다면, 지레 포기하고 결국에는 협조하게 될 것입니다. 만약 그 절개가 시의를 놓친 절개라면 스스로 자진이라도 하게 되겠지요."

"불쌍한 자일세. 너무 모질게 하진 말고 일이 끝나거든 그대가 잘 챙기도록 하게."

"이공승만 놓고 보자면 도의에 맞지 않는 것은 알고 있습니다마는, 이렇게 하지 않는다면 금나라를 폐하께서 호령하시는 일을 도울 수도 없고, 고려를 단단히 도모하는 일을 할 수도 없을 것이나이다."

"그러하긴 하다."

완안옹은 그의 미염(美髥)을 쓸어내리고서는 옥좌에 앉았다. 그러고서 그는 내관이 내온 도끼 자루를 하나 정민에게 주었다.

"그대가 짐의 신하는 아니니 본래 부월을 줄 수는 없는 노릇이고, 더군다나 황제의 위를 되찾아오는 이 싸움은 내가 친정하는 것이니 누구에게도 주지 않았다. 그러나 이번에 짐을 도와서 2만의 병력을 끌고 와 주었으니, 짐이 특별히 신임하는 의미에서 주는 것이다. 짐을 도와 승전을 거두고 다시 고려 땅으로 돌아갈 때에 바치라."

다름이 아닌 부월(斧鉞)을 내리는 것이다.

고려왕이 준 부월은 이공승이 가지고 있으며, 그는 동경로 감옥에 감금되어 있었다.

그러니 이제 그 2만의 고려병은 더 이상 고려왕의 명을 받들어 싸우는 것이 아니라, 금 황제로서의 완안옹의 명을 받들어 싸우라는 의미가 담겨 있는 셈이었다. 정민은 사양 없이 그 부월을 받아 들었다.

❖   ❖   ❖

정민은 완안옹―이제는 그가 칭한 바 대로 대금의 황제―으로부터 받은 1만 석의 군량을 넉넉하게 병사들에게 풀었다.

그리고 술도 함께 내어주며 열흘간 편하게 휴식을 취할 수 있도록 하였다.

이와 함께 이공승이 무리해서 금황제에게 반기를 든 동경의 갈왕과 대립각을 세우고 싸우려 했고, 결국에는 갈왕이 이공승을 가두었으며, 또 금황제는 무리한 전쟁으로 인심을 잃어 갈왕이 칭제(稱帝)해, 새롭게 황제의 위에 올랐다는 사실을 퍼뜨렸다.

새 황제 완안옹은 고려병들을 특별히 여겨 술과 곡식을 베풀었으며, 때문에 그를 도와 금나라를 평정하고 고려로 금의환향 할 것이라는 내용도 알렸다.

병사들은 매우 만족해했으며, 더러는 왜 바로 고려로 돌아가지 않느냐고 투덜대었지만, 이제 이공승 휘하에서 싸우는 것이 아니라 배부르게 먹고 쉬어 가면서 싸울 수 있다는 사실만으로도 달래기는 어렵지 않았다.

그러나 똑같이 이공승의 지침에 불만을 가지고 있었던 무관들은, 병사들과는 다르게 새로운 소식에 그다지 달가워하지를 않았다.

어찌 되었든 국가의 녹을 먹고 살며 미관말직이나마 벼슬을 하던 이들이었다.

혹여나 임금의 명을 떠받들지 못하고 엉뚱한 일에 말려 들어가서 나중에 불이익을 얻는 것은 아닌가 하는 두려움이 앞섰던 것이다.

다행히도 정중부가 이들을 불러다가 잘 으르고 달래며 마음을 다잡게 할 수 있었다.

"이 도통사가 너무 대쪽 같이 굴다가 새 황제에게 투옥당한 것을 어찌하겠는가? 우리가 지금 지휘관도 없이 돌아가겠다고 하면 새 황제가 가만히 두려고 하지 않을 것이고, 돌아가 봐야 임금의 추궁만을 듣게 될 것이야. 그런데 새 황제를 도와서 전공을 세우고 그 포상을 받아 고려로 돌아가게 되면 이야기가 다르지. 그걸 왜 몰라."

정중부의 설득은 꽤나 효과가 있는 모양이었다.

열흘간 충분히 먹고 술도 즐기고 나니 전반적으로 고려군 안에서의 분위기도 좋아졌고, 기왕의 일이니 전공을 제대로 세우겠다는 의욕들이 일어나기 시작했다.

물론 패배를 겪거나 보급이 줄어들면 금방 꺾이고도 남을 기세였으나, 그래도 분위기를 이쪽에 유리하게 돌려놓았다는 것만으로도 정민과 정중부에게는 썩 괜찮은 수확이었다.

고려군이 쉬는 동안, 완안옹의 장인 이석이 이끄는 3만의 정병들은 동경로 경계를 넘어 중도로 가는 길목에 있는 금주(錦州)와 종주(宗州)를 손에 넣었다.

배후에서 위협이 될 수 있는 홍중부(興中府) 등의 주현(州縣)은 이미 보름도 전에 백기를 들고 완안옹에게 투항하여 왔으므로, 사실상 장성 너머의 금나라 영토는 모두 직간접적으로 완안옹의 휘하로 들어왔다고 해도 과언이 아니게 되었다.

완안옹은 공식적으로 연호도 대정(大定)으로 선포하

고, 완안량을 폐제(廢帝)로 선포하고 전국에서 거병하여 나라를 바로잡는 일에 호응할 것을 명하는 칙령을 내렸다.

이미 완안량이 남정을 펼치기 위해 벌인 무리한 징발과 징용으로 인하여 민심이 흉악하게 변한 화북 지방에서도 이러한 소식을 듣고서 무기를 드는 이들이 늘어나고 있었다.

주인 없이 비어 있는 중도(中都)를 칠 준비를 하면서 완안옹은 잠시 숨을 골랐다.

고려군 2만을 포함하여 총 18만의 대군이 편제가 되었고, 이 가운데 급하게 징집되거나 훈련이 미진한 병력을 빼더라도, 정병(精兵)의 숫자만 줄잡아 사오만은 되었다.

물론 폐주 완안량의 손에는 갑절은 넘는 병력이 있으나, 이들 또한 남정을 위해 급하게 준비된 병력이긴 매한가지거니와, 남송의 병력과도 대치해야 하는 사면초가의 상황에 놓일 처지가 되었다.

더군다나 완안량에 대한 민심이 바닥을 치고 있으니, 그들 또한 언제고 불리해진다면 전선을 이탈하여 도주하거나 완안량에게 도로 칼을 들이댈 수 있었다.

만일 완안량이 무리해서 남정을 벌이지 않았더라면, 혹은 완안옹 같이 명망 있는 황족이 없었더라면, 어쩌면 완안량은 한동안 무난하게 제위를 유지하였을 수도 있었을 것이다.

그러나 그의 교만이 무리한 원정을 일으켰고, 시기가 적절하게 완안옹이 반기를 치켜세움에 따라, 일은 순식간에 지금과 같은 상황에 이르게 된 것이었다.

"옛 유관(楡關, 現 산해관)이 있던 길목을 지나 18만 병력 모두를 동원하여 중도를 칠 것이오. 폐하께서 직접 그 선봉을 이끄실 것이고, 기병이 인근의 취락과 주현(州縣)들을 평정할 것이외다. 보병들은 중도를 에워싸고 항복을 하지 않을 경우 공성전을 펼칠 것이오. 그대도 고려군을 이끌고 나아가 중도 대흥부 북쪽의 순주(順州)를 제압하는 데에 힘을 보태 주었으면 하오."

승전을 연달아 거두고 잠시 동경 요양부로 돌아온 이석이, 반정의 향방을 가를 중도 공방전을 준비하면서 정민에게도 임무를 하달하였다.

지도를 펼쳐 놓고 보니, 중도 대흥부(現 중국 베이징)의 바로 동쪽에 대운하의 출발지인 통주(通州)가 있었고, 그 북쪽에 순주가 자리 잡고 있었다.

순주에는 아직 병력 2천 가량이 주둔하고 있는 모양이었는데, 먼저 항복을 권하여서 이들이 투항하면 병력을 받아들여 몸을 불린다. 만약 그렇지 않다면 순주를 함락시켜서 배후를 튼튼하게 하여야 한다는 것이 이석이 주문한 내용의 핵심이었다.

순주에는 성벽이 둘러쳐져 있었지만, 석성은 아니고 토성으로 그 성벽의 높이도 그다지 높지는 않다고 했다.

이 성을 2천 가량의 병력으로 방비하고 있으니, 2만의 고려군이라면 충분히 함락시킬 수 있다는 것이 이석의 의견이었다.

공성하는 측이 더 많은 병력을 필요로 한다는 것은 상식이지만, 그래도 10배 이상의 병력이었다. 물론 적은 자세한 지형지물을 숙지하고 있을 테지만, 완안옹의 군대가 주변 지역을 모두 휩쓸고 지나가면 보급을 얻을 방법도 없을뿐더러, 순식간에 성 안으로 고립되게 될 것은 자명했다.

정민은 이 정도라면 충분히 작전을 성공시킬 수 있겠다는 확신이 들었다. 물론 그런 확신이 없더라도 지금은 무조건 명을 받들어 성과를 내어야 할 시점이기도 했다.

"잘 알겠습니다. 반드시 순주를 얻어 보이겠습니다."

"믿고 있겠소. 폐하께서도 걸고 계시는 기대가 많소이다. 아, 그리고 유황을 넉넉하게 대어 준 덕분에 이번에 화약을 충분히 만들어 낼 수 있었소. 그 점 감사드리외다."

"다 이문을 남기고 하는 일인데 감사 받을 게 무어 있겠습니까. 유용하게 쓰셨다니 그것으로 충분합니다."

괜한 겸양은 아니었다.

사실 완안옹과 동맹을 맺고, 그 대가의 일부로 화약을 제조하는 비법에 대해 언질을 받지 못했더라면 오저군이 이렇게 빨리 화약을 생산해 낼 수 없었을 것이다.

아직 화승총을 실전에 알리며 투입할 시점은 아니라고 생각했지만, 이번 전쟁에서 준비한 대로, 때가 되면 사용하게 될 것이었다.

충분한 화약 없이는 당연히 가능하지 않은 무기였다.

"칠 월 칠석이 출정 일이오. 그때까지 군세를 정비하고 준비를 마쳐 주시면 되겠소이다."

아직까지 닷새 정도가 남아 있었다.

고려군도 충분히 쉬었으니, 이제는 출정 준비를 할 수 있을 것이었다.

정민은 정중부에게 일단 다시 전열을 가다듬는 일을

맡겨 두고서, 공성전에 사용할 수 있는 무기를 고안하는 데 시간을 썼다.

머릿속으로 문득 거대한 트리뷰셋의 막연한 모양이 떠올랐다가 사라졌지만, 정확히 어떠한 구조로 이루어져 있는지에 대한 지식이 정민에게 있을 리가 없었다.

혹여나 공성에 도움이 될까 싶어 이석에게 물어보니, 쓸 만한 포(砲)를 몇 개 내어줄 수는 있다고 했다.

아직 화약을 사용하는 대포가 등장하지 않은 이 시대의 포라 함은, 돌쇠뇌를 말하는 것이었다.

돌쇠뇌는 다름이 아니라 돌을 장전하여 쏘아 올려 보내는 형태의 무기, 곧 투석기를 말하는 것이었다.

그러나 이 투석기들은 모두 인력으로 사람들이 끌어당겨서 쏘아 보내는 방식이었고, 많은 인원이 필요한 반면에 그 정교함은 떨어졌다.

물론 나름의 장점이 있었는데, 무기의 전개가 생각보다 자유롭고 설치형뿐만 아니라 포차(砲車)와 같이 수레로 만들어 기동이 편하게 만든 것도 있었다.

좌우전환이 되는 선풍포(旋風砲) 열 개를 비롯하여 포차 두어 개를 이석이 이튿날 바로 보내 주었고, 노지에서 정민은 바로 이것의 운용을 실험해 보았다.

"아주 만족스럽지는 않소."

정민이 무기를 운용하는 것을 시험해 보는 동안, 옆에서 쭉 그것을 지켜보고 있던 정중부가 고개를 저었다.

없는 것보다는 나았지만, 하나의 포를 운용하는 데 인원이 많이 소모될 뿐만 아니라, 원하는 지점에 돌을 투척하기가 쉽지가 않았다.

포를 운용해 본적이 없는 고려군이기에 더욱 그렇긴 하겠지만 말이다.

아쉬운 대로 일단은 순주를 공략하는 데에 투입시키기로 해 놓고, 정민은 출정 날까지도 고민을 거듭했다.

토성이라고는 하나 성을 함락시키는 데에 화승총은 쓸 만한 것이 못 되었다. 야전에서 미리 총병들을 배치해 두고 밀집 사격을 할 것이 아닌 이상, 성을 제압하는 데에는 효용이 크지 않았다.

화포가 있다면 공성전에도 필히 큰 도움이 될 터이지만, 아직 구상만 있을 뿐 만들어 내지는 못한 상황이었다. 총도 쉽지 않은데, 괜찮은 포를 만들려면 시간과 투자가 더욱 많이 필요했다.

대안이라고 생각해 볼 수 있는 것은 인력식이 아닌 무게추를 이용한 투석기를 만드는 것이었다.

서양의 트리뷰셋이 바로 그러한 형태의 투석기였다.

그러나 이것을 뚝딱 만들어 낼 만한 제반기술이 당장은 없다는 것이 문제였다. 무게추를 이용한 돌쇠뇌를 만들 수만 있다면, 정밀하게 원하는 지점에다가 돌을 쏘아보내는 것이 가능해진다.

이것은 공성전에 있어서 공성하는 측에 큰 이점이 되어 줄 터였다. 정민은 고민을 거듭해 보았지만 일단 혹시라도 전장에서 만들어 볼 수 있도록 목재를 충분히 마련해 놓게 하는 것 외에는 특별히 뾰족한 수를 떠올리지는 못했다.

그러는 사이 칠 월 칠석이 다가와 중도로 출정을 할날이 되었다.

완안옹의 군대는 쾌속으로 진군을 거듭했다.

장정들이 죄다 남정(南征)에 끌려간 탓에 마주치는 성새(城塞)와 주현(州縣)이 모두 빈 집이나 다름없었다.

부릴 병사들이 없는 태수들은 모두 백기를 들고 나와서 완안옹의 군대에 투항하고 중도로 가는 길을 스스로 열었다.

사흘도 되지 않아서 평주(平州), 난주(灤州), 계주(薊州)가 완안옹의 손에 떨어졌고, 이윽고 중도의 지근거리에 있는 통주(通州)까지 성문을 열었다.

여기서 다시 군세를 잠시 정비하면서 완안옹은 군대를 세 갈래로 나누었다.

이석이 삼만 오천의 병력을 이끌고 대도 남쪽의 청주(淸州), 보주(保州) 등의 주요 고을을 접수하기 위해 내려갔고, 완안량의 본대는 중도를 겨냥하여 전열을 가다듬었다.

정민이 이끄는 고려군 2만은 후방을 든든하게 만들기 위해 예정된 대로 중도 북쪽의 순주(順州)를 경략하기 위해 출발했다.

중도로의 고을들이 모두 싸움을 포기하고 성문을 완안옹에게 열어 주는 와중, 고을 하나를 치기 위해 2만이나 되는 고려군을 모두 순주로 보낸 데에는 이유가 있었다.

순주에는 아직까지 남정에 징발되지 않은 2천의 병력이 남아서 성을 지키고 있었기 때문이었다.

그다지 정예병이라고 할 수 없는 이들이었으나, 완안

옹도 모든 가용한 병력을 이끌고 전장에 나온지라, 이들을 정리하고 가지 않는다면 후방이 불안해질 여지가 있었다.

천하를 다투는 싸움에 작은 돌부리라도 치우고 가지 않는다면 언제고 거마(車馬)가 고꾸라질 수 있는 법이다.

여력이 있다면 길에 돌 하나 없도록 깨끗이 다져 두고 가는 것이 정도였다.

"혹여나 힘든 전투가 될까 걱정이외다."

"그다지 우려할 것이 없는 싸움입니다. 손쉽게 이겨 사기를 돋우는 정도만으로도 충분히 값어치는 할 것입니다."

정중부도 이렇게 국경을 넘어서 이국(異國)의 낯선 땅에서 공성전을 치루는 상황이 익숙하지 않았다.

그는 내심 불안한 마음이 있는지, 순주성이 반나절 거리로 다가왔을 때, 정민에게 푸념을 했다.

그러나 정민은 이 싸움에 대해서 큰 의미를 두지 않았다.

좋지 않은 점이라면, 날씨가 매우 흐려지는 것이 곧 비라도 쏟아부을 것 같다는 정도였는데, 어차피 이번 순주 공성전에서는 총병을 투입할 여지가 없었으니 화약 무기를 쓸 일도 없었기에 대수롭지 않은 것이었다.

오히려 비가 내려 더위를 조금이라도 식혀 준다면 그것만으로도 좋은 일이라고 정민은 생각했다.

"평생 칼을 차고 다닌 나도 이런 전투를 앞두고서는 심장이 떨리는데, 어째 정민 공은 그리 태평하시오?"

"저라고 두려움이 없겠습니까마는, 열 배의 병력으로 고립된 이천을 치는 일입니다. 피할 수 없거니와, 그럼에도 이길 수 있는 싸움이니 어찌 쓸데없이 걱정을 하겠습니까."

정민은 정중부의 말마따나 제대로 된 전투를 앞두고서도 전혀 감정의 기복이 없는 자신에게 놀라고 있었다.

고려 땅에 떨어져서 삶을 덤으로 살고 있다고 생각해서인지, 아니면 정말 이성적으로 이길 수 있다는 확신이 있어서인지는 잘 모르겠으나, 그의 관심사는 온통 무게추를 사용한 돌쇠뇌를 실전에서 시험해 보겠다는 데에만 집중되어 있었다.

정민은 중도로 진격하는 도중에 혹여나 무게추를 이용한 포가 사용된 일이 있는지 탐문을 해 보았으나 완안옹 군영의 장수들도 모두 아는 바가 없었다.

정민이 알기에도 소위 회회포(回回砲)라 불리는 무게 추를 이용한 투석기는 몽골군에 의해 양양 공방전에서 처음 사용된 것이었다.

물론 서양에서는 일찌감치 이러한 방식의 트리뷰셋이 이용되고 있었으나, 적어도 동양에서는 아직까지 알려 지지 않은 것이었다.

완전한 형태의 트리뷰셋을 정민이 설계할 방법은 마 땅찮으니, 기존의 인력식 포를 개조하여 사용해 보기로 마음먹는 수밖에 없었다.

당연히 단번에 잘될 리는 없었다.

그러나 어차피 이번 공성전에서 총병을 쓸 수 없으니 적어도 삼백의 병력이 남는 셈이고, 기껏 총을 사용하도 록 훈련시킨 이들에게 창을 쥐고 성벽에 덤벼들라고도 하여 아까운 병력을 소진시킬 수도 없으니, 이참에 이들 을 이용해 무게추식 투석기를 시험해 볼 생각이었던 것 이다.

"성문을 어찌 순순히 열어 주겠는가! 일 없으니 그만 돌아가라. 갈왕의 반역도 오래 가지는 못할 것이다."

예상대로 순주의 자사(刺史) 함적(含迪)은 투항할 생 각이 없는 모양이었다.

순주의 속현인 회유(懷柔)와 밀운(密雲)의 두 고을은 고려군이 진군해 오자마자 싸울 의사가 없음을 알리고 현령이 말을 타고 달려와 항복의 의사를 전한 것과 대조적이었다.

그도 그럴 만한 것이 순주자사 함적은 폐주 완안량이 신임하여 북쪽에서 혹여 있을지 모를 위협에 대비하여 나라의 도읍인 중도를 지키라고 앉혀 놓은 사람이었다.

대략 3만 호 정도의 고을인 순주에 2천이나 되는 병력이 주둔하고 있었던 것도, 이곳이 중도를 지키는 길목이었기 때문이었다.

정민은 오래 시간을 끌 생각도 없었지만, 그렇다고 해서 서두를 생각도 없었다.

서수(漱水) 인근에 병력을 전개시켜 놓고 유라산(有螺山)과 토이산(兔耳山)에서 목재와 돌을 끌어와서 공성추를 만드는 데에 시간을 보냈다.

군량이 넉넉하고 병사들도 피로도 풀어 줄 겸 잠시 숨을 고르는 것도 나쁘지 않았다.

다시 사흘이 지나서, 두 대의 시범적인 무게추 포를 만드는 데에 성공했다.

정민은 궁리 끝에 사람 키 다섯 배쯤 되는 두 개의 삼각대를 세웠다. 그 사이를 축으로 이은 다음, 이 축을 통해서 한쪽에 돌무더기를 담아 만든 무게추를 승(繩)을 감아올려 끌어 올릴 수 있도록 권양(捲楊) 장치를 만든 다음, 줄을 풀면 저절로 무게추가 내려가면서 반대쪽에 놓여 있는 돌이 발사될 수 있도록 만들었다.

당연한 이야기지만, 사흘 동안 여러 번의 실패가 있었다.

처음에는 축이 틀어져서 무게추가 병사 위로 떨어져서 두 명이 목숨을 잃기도 했다. 무게추를 지탱할 만한 튼튼한 끈을 만드는 데에도 시간이 걸렸다.

그러나 간단한 수학적 계산으로 정민은 얼마 정도의 무게추를 풀었을 때, 돌을 얼마나 멀리 쏘아 보낼 수 있는지 값을 얻을 수 있었다.

기본적인 물리학개론 수업을 들어 둔 것이 이럴 때 도움이 조금 되었다.

꽤나 쓸 만하게 만들어졌다고 생각되자, 정민은 지체 없이 이것을 다시 해체하여 순주성 밖 궁수들의 사거리가 닿지 않는 지점에서 조립해 올렸다.

두 대를 시험하여 괜찮은 결과를 얻었기에 이번에는 그 수를 네 대로 늘렸다.

이것을 만들어서 조립해 설치하는 데 다시 나흘이 걸렸다.

병력을 멀찍이 대기시킨 채로 정민은 예고 없이 이 투석기로 순주성의 약해 보이는 성벽 한쪽을 두드리기 시작했다.

처음에는 탄착이 잘되지 않아서 성 안으로 떨어지기도 하고, 성에 닿지 못하기도 하였으나, 이내 병사들도 숙달이 되어서 성벽을 제대로 두드려 대기 시작했다.

"이거 생각보다 대단하외다."

순주성이 멀찍이 잘 보이는 언덕 위에서 말에 올라탄 채로 공성추로 돌을 쏘아 보내는 것을 지켜보던 정중부가 감탄을 마지않았다.

생각보다 결과물이 괜찮았기에 정민도 흡족한 기분이었다.

순주성을 공격하기 시작하자마자 비가 쏟아져 내리기 시작했지만, 공성추를 이용하는 데는 큰 영향을 받지 않았다. 돌이 떨어지는 것을 무릅쓰고 순주성의 이천 병력은 모두 성벽을 다시 메우는 일에 투입되어 제대로 전투에 응하지도 못했다.

정민은 병력을 성 가까이 전개시키지도 않고 오로지

이틀 동안 한 지점에만 공성추로 두드려 댔다.

"성 안으로 진입할 수 있을 만큼 성벽이 허물어졌습니다!"

공성추를 쏘는 것을 책임지고 감독하고 있던 정명하가 사흘째가 되던 새벽에 외쳤다.

정민은 조심스럽게 병력을 전개시켜 가면서 성벽으로 다가갔다.

궁수들의 저항이 있었지만 그다지 효과적이지는 못했다.

날씨도 개었기에, 이번에는 공성추의 사거리를 조정해서 기름에 불을 붙인 돌을 성 안으로 쏘아 보내기 시작했다.

이내 성 안 여기저기서 불이 붙어 연기가 피어오르는 것이 육안으로도 뚜렷이 보였다.

이미 순주성 병력의 사분의 일 정도는 전투 의지가 없어 보였고, 그에 반해 고려군의 병력 손실은 미미한 수준이었다.

결국 견디다 못한 순주의 군관 하나가 자사의 목을 베고 항복을 청해 왔다.

열흘이 되지 않아 정민은 손쉽게 순주성을 얻은 셈이

었다.

정민은 투항한 병력 일체를 고려군의 감시 하에 쪼개어 병력에 편입시키고, 이들로 하여금 투석기를 수레에 담아 끌도록 하였다. 첫 전투는 생각보다 싱겁게 끝난 셈이다.

해가 바뀌자마자 완안량이 상서성(尙書省), 추밀원(樞密院), 권농사(勸農司), 태부(太府)의 여러 관아를 비롯하여 육부(六部)를 모두 남경 개봉부로 조정을 옮긴 것은 남정의 준비를 위해서였다.

송, 서하, 고려의 사절을 접견하던 정월에 이미 암암리에 완안량은 금나라 전토에 병력을 동원하여 남쪽 국경으로 집결하도록 명령을 내린 상황이었다.

이들 사신들이 귀국하자마자 아예 조칙(詔勅)을 내려서 남정을 할 것을 공식화 했다.

4월이 되었을 때, 무려 68만의 병대(兵隊)가 완안량의 명을 받들어 송나라를 치기 위해서 편제되었다.

무려 서른두 개 총관에 달하는 병력이었다.

완안량은 상서우승(尙書右丞) 흘석렬량필(紇石烈良弼)을 우령군대도독(右領軍大都督)으로 삼고, 어사대부(御史大夫) 도단정(徒單貞)을 좌감군(左監軍)으로, 도단영년(徒單永年)은 우감군(右監軍)으로 삼아 병력을 맡겼다.

또한 하남윤(河南尹) 포찰알론(蒲察幹論)은 우도감(右都監)으로, 공부상서 소보형을 절동도수군통제(浙東道水軍都統制)으로 삼아서 임안(臨安)을 바로 들이치기 위한 수군을 이끌게 했다.

태원윤(太原尹) 유악(劉萼)은 한남도행영병마도통제(漢南道行營兵馬都統制)로 삼아 채주(蔡州)로 진격시켰다.

하중윤(河中尹) 도단합희(徒單合喜)는 서촉도행영병마도통제(西蜀道行營兵馬都統制)로 삼아 봉상(鳳翔)으로 보내어 산관(散關)을 취하도록 명했다.

금군이 각기 나아가면서 전쟁 준비가 덜 된 남송의 군세를 몇 번 격파하자, 완안량은 승전에 도취하여 태자 광영(光英)에게 남경을 지키도록 명하고 5월이 되니 남경에서 직접 출정을 나섰다.

그러나 완안량의 예상과는 다르게 남송은 전쟁이 시

작되자마자 급속히 병력을 꾸려서 이에 대응하기 시작하고 있었다.

기다렸다는 듯이 남송은 금나라에 면한 성도(成都), 양양(襄陽), 강릉(江陵), 지주(池州), 경구(京口) 등의 요지를 단단히 틀어쥐고 지키도록 했다.

또한 완안량이 들이치고 있는 회남(淮南, 회수 남쪽 지역)의 여러 주군들이 성을 비우고 그 치소를 언제고 몸을 피할 수 있는 들판으로 옮기도록 명을 내렸다.

심지어 황제가 스스로 친정(親征)에 나서니, 완안량이 자신했던 바 대로 송나라가 한 달도 되지 않아 백기를 들고 항복해 올 것이라는 기대는 물거품이 되고만 것이었다.

이렇게 송나라가 기민하게 대응을 할 수 있었던 데에는, 건왕(建王) 조위가 적극적으로 나섰기 때문이었다.

그는 정치적 생명을 걸고 금나라가 반드시 여름이 지나기 전에 국경을 치고 들어올 것이라고 주장하며, 화평을 받아들이지 않을 것이니 맞설 준비를 미리 단단히 해두어야 한다고 강하게 주장했다.

화평을 원하는 황제와 대신들의 회의에 건왕은 직면하였으나, 믿고 보낸 주희(朱熹)가 사절단에 참여했다

돌아와서 금나라가 반드시 병력을 일으킬 것이며, 화평을 받아들이지 않을 것이라 내린 판단을 건왕은 전면적으로 신뢰하고 주장을 굽히지 않았다.

그리고 결국 건왕이 말한 바 대로 여름이 되자마자 완안량은 거병을 하였고 송나라를 쳤으니, 부실하게나마 혹여 모를 전쟁에 대해 대비를 해 두었던 것이 빛을 조금이라도 본 셈이었다.

이로써 건왕의 입지는 송나라 조정 안에서 매우 탄탄하게 되었을 뿐만 아니라, 직접 건강(建康)으로 나아가 병력의 지휘를 자청하니 조야에서 그 이름을 칭송하는 소리가 높아지는 것도 당연했다.

이때부터 완안량의 뜻대로 일이 잘 풀리지 않기 시작했다.

무려 70만에 육박하는 대군이었음에도 불구하고, 급하게 금나라 전역에서 장병을 징집하여 꾸린 것이다 보니 사기도 매우 낮았다.

거기다 군량은 늘 부족했으며, 전투에 임할 때마다 도망치는 자가 수천씩 나타났다.

전국의 장정 가운데 20세에서 50세 사이의 모든 이를 심지어 부모가 늙어서 봉양을 해야 하는 경우도 예외

왕의 아침

없이 모두 끌고 온 것이었다.

이때에 무리한 남정을 만류하는 태후(太后) 도단씨
마저 완안량은 시끄럽다고 목을 베어 버렸을 정도이니,
민심이 사실상 완안량을 떠나 갔다고 해도 과언이 아니
었다.

민심이 어수선한 가운데, 여기저기서 반역의 불길이
타오르기 시작했고, 남정에 참여한 병력들조차도 완안
량을 욕하는 지경에 이르렀다. 오로지 경군(硬軍)이라
불리는 오천 남짓의 병력만이 완안량이 뜻하는 바 대로
분투하여 싸워 주고 있는 상황이었다.

그럼에도 불구하고 완안량은 군사를 물릴 생각을 하
지 않고, 휘하의 장수들을 독촉해 가면서 남송을 경략하
는 일에 온몸을 불살랐다.

그리고 6월, 완안량이 직접 화주(和州)까지 다다랐을
때에 결국 그의 인내심을 끊는 소식이 북쪽으로부터 들
려왔다.

"이게 무슨 소리야! 감히 그 빌어먹을 놈이 결국에
내게 반역의 칼을 들이댄단 말이냐!"

다름 아니라, 갈왕 완안옹이 칭제(稱帝)하고 병력을
일으켜서 중도로 향하고 있다는 것이었다.

그 소식에 군문이 크게 동요하였으나, 황제의 노여움 앞에서 누구 하나 입도 벙끗 할 수 없었다.

"그놈이 병력을 보내지 않고 의뭉스럽게 굴 때부터 알아봤다. 그러나 기껏해야 한 줌이지 않느냐? 석 달 내로 남송을 정벌하고 병력을 돌려서 그놈의 목을 따 버릴 것이다. 그러니 너희들도 목숨을 걸고 임안을 겨울이 오기 전에 손에 넣어라!"

이 마당이 되었으면 완안량은 정벌을 그만두고 내란을 수습하기 시작했어야 했다.

그러나 완안량은 미련을 버릴 수가 없었다.

이미 회수(淮水)를 건너서 남송의 영토 안에서 싸우고 있는 상황이었으니, 곧 전쟁을 끝내고 성대하게 귀환할 수 있을 것만 같았다.

더군다나 그간의 병력 손실을 감안하더라도 60만의 병력이 자신의 손에 있지 않은가.

"이미 회남로(淮南路)의 모든 주현이 짐의 손에 들어왔다. 이제 대강(大江, 장강)만 넘어서면 임안이 지척이다. 여기서 어떻게 물러설 수 있는가? 모든 병력은 이제 지체 없이 강을 건너서 임안으로 진격하도록 하라!"

가까스로 분을 삭인 완안량이 전군에 명을 내렸다.

뾰족한 수가 없으니 금군은 모두 완안량의 명에 따라서 강을 건널 준비를 시작했다.

그러나 10만 병력이 먼저 강을 건넜을 때, 남송의 중서사 우윤문(虞允文)에게 대패하여 박살이 나는 사달이 나고야 말았다.

황제는 분노가 치밀어서 밥이 입으로 넘어가지 않을 지경이었다.

"10만의 병력을 잃은 것은 아까운 노릇이나, 곧 고려와 서하에서 병력을 이끌고 도착할 것이다. 그들은 어디까지 도달했는가?"

완안량은 그래도 그것으로 손실을 보충할 수 있을 것이라고 생각했다.

그러나 화주에 꾸려진 황제의 어영(御營)에도 이미 고려와 서하의 원병에 대한 소식은 알려져 있었다.

고려군은 완안옹에게 붙어서 중도를 공략하고 있다는 것, 그리고 서하의 원병은 국경을 넘자마자 텅텅 빈 태원부(太原府)를 점령하고 완안옹의 군세에 합류하길 기다리고 있다는 것이 말이다.

"차마 이것을 폐하에게 있는 그대로 알려 드릴 수 없

소. 그 노여움을 누가 감당하리까."

좌감군 도단정(徒單貞)이 다른 장수들과 대책을 논하면서 혀를 찼다.

그 자신부터가 이 남정이 성공할 것이라는 확신이 전혀 들지 않았다.

태후 도단씨와 같은 일족 출신으로, 완안량이 원정에 반대한다는 이유로 태후를 죽였을 때부터 이미 도단정의 마음조차 황제로부터 떠나 있었다.

어쩔 수 없이 완안량에게 달게 들리는 말을 해 가며 좌감군이라는 직책까지 맡아 남정에 따라나섰으나, 도저히 이제는 가망이 보이지 않는다고 그는 생각하고 있었다.

다른 장수들도 말은 하지 않지만 생각이 대동소이했다.

처벌이 두려워 완안량에게 제대로 된 전황이 보고되지 않기 시작했고, 군대는 완전히 이완되어서 전투를 효율적으로 수행하지를 못하고 있었다.

그러는 와중에 화주의 바로 건너편 건강에 차려진 남송 건왕 조위의 막하에는 무려 15만에 달하는 대군이 집결하여 언제고 완안량의 도강을 막을 준비를 마치고 있었다.

그때까지도 완안량은 송군을 금방 쓸어버리고 임안으로 가는 길을 틀 수 있다고 믿어 마지않고 있었다.

❖　❖　❖

정민이 순주를 손에 넣고 중도에 다다랐을 즈음에, 완안옹도 큰 손실 없이 중도를 함락시키고 진주해 있었다.

중도는 방비가 잘되어 있고, 튼튼한 성벽으로 둘러싸여져 있었으나, 완안량이 거의 모든 병력을 징발하여 남쪽으로 끌고 간 탓에 끈질기게 저항하는 천 명 남짓한 정병들의 기세를 꺾어 버리자 결국 중도의 주민들이 앞장서서 성문을 열어 버렸다.

완안옹이 이끄는 병력도 물경 10만을 넘어섰으나, 사실 이들도 완안옹에게 협력을 하는 거의 모든 여진 만호(萬戶)들 아래의 남정을 다 끌고 나온 것이라 언제까지 사기를 유지할 수 있다고 장담을 할 수 없었다.

그나마 큰 병력 손실 없이 중도까지 장악하는 데 성공하였으니 아직까지는 일이 잘 풀리고 있다고 해도 좋았다.

중도에 입성하자, 완안옹을 기쁘게 해 줄 소식이 여럿 기다리고 있었다.

하나는 고려군이 거의 손실 없이 순주를 토평(討平)하였다는 것, 다른 하나는 야리웅이 이끄는 서하군이 완안량에게로 가지 않고 도리어 태원부를 점령한 다음에 완안옹이 남진하면 합류하기를 기다리고 있다 전령을 보내 온 것이었다.

이 외에도 남정에 참가했던 완안복수(完顔福壽)가 전열에서 이탈하여 무려 2만 8천의 병력을 이끌고 산동에 진주하여 완안옹에게 의탁하기를 청해 온 소식도 전해졌다.

"다행히도 지금까지 일이 잘 풀려서 군사도 잃지 않은 채, 오히려 숫자가 불어나서 중도까지 얻게 되었다. 그러나 아직 남쪽에는 무려 60만의 병력을 이끄는 폐주 완안량이 눈을 뜨고 버티고 있으니 경계를 풀기에 이르다."

중도의 대전(大殿)에 휘하의 모든 제장(諸將)을 모아 놓고 평정을 연 완안옹은 황제다운 위엄을 보이며 앞으로 나아갈 길을 이르기 시작했다.

정민도 정중부와 함께 이 평정에 참여하였는데, 비록 금나라의 신료는 아니었으나, 완안옹의 반정을 도와 군대에 종사하고 있기 때문이었다.

정민은 완안옹 막하의 신료들이 그들의 새로운 황제를 보는 눈빛에 감탄을 마지않았다.

일전 폐제 완안량의 앞에 섰을 때, 모든 사절들과 신료들이 두려움으로 그를 바라보았던 것과는 완전히 다른 분위기였다.

완안옹의 신하들은 완전힌 신뢰와 경외의 눈길로 그를 바라보고 있었다.

완안량과 완안옹 모두 자기가 부리는 사람들을 제압하는 데에는 탁월한 수완이 있었으나 그 방법은 완전히 다른 것이다.

정민은 절대로 이 전쟁에서 완안옹이 지지 않을 것이라 확신을 다시 하게 되었다.

"지금 우리는 회령부로(會寧府路), 동경로(東京路), 중도로(中都路)의 세 땅을 완전히 장악하였을 뿐만 아니라, 임황부로(臨潢府路)도 거의 복속시켰다. 또한 산동동로(山東東路)의 제남(齊南)을 완안복수가 점거하고 합류를 청하고 있으며, 하동북로(河東北路)는 태원부를 서하의 야리웅이 접하고서 어느 방향으로 진격할지 묻고 있다. 아조의 18로 가운데에 우리가 이제 5로를 얻었고, 병력을 도합하면 20만을 헤아리게 되었다. 그러나 여전히 많은 주현들이 병력은 없다 하나 폐주가 보낸 자사들의 지배를 받고 있고, 혹여 폐주가 남송과 화평하기라도 하면 우리는 60만 병력과 맞서 싸워야 한다. 그러니 남은 13로를 일일이 평정하고 다닐 여유가 없다."

완안옹의 판단이 옳다고 정민은 생각했다.

완안옹이 백 수십 개에 달하는 금나라의 주군(州郡)을 일일이 복속시키는 것은 불가능했다.

따라서 가장 효과적으로 병력을 전개하여 완안량을 거꾸러뜨려야만 했다.

완안량이 제거되기만 한다면 금나라는 완안옹의 손에 쉽게 떨어질 것이다.

"폐주는 쉽게 남정을 포기하려 하지 않을 것이다. 그러나 제 목숨이 위태로운 줄 알게 되면 결국에는 사리분별을 하게 될 터이니 무작정 안심하고 있을 수는 없는 노릇이다. 또한 듣기에 남경에는 폐주의 아들 광영이 2만의 병정을 이끌고 수성을 하고 있다고 하니, 이것 또한 근심거리라 하지 않을 수 없다. 따라서 짐은 빠르게

완**의 아침**

하북동로와 하북서로를 평정하고, 대명부(大名府)에서
완안복수와 야리웅의 병력과 합류하여 남경을 들이칠
생각이다. 이에 관하여 이견이 있는 자는 나와 말하라."

완안옹의 방책은 정론이었다. 제장들 가운데 누구도
이견을 다는 자가 없었다.

하동 북로와 하동 동로는 지금 병력이 완전히 끌려
나가서 길을 가다가 젊은 남정을 찾아보기가 힘든 상황
이었다.

이미 여러 달 전에 정민이 사절단에 참여했다가 귀국
하는 길에 똑똑히 목격했다.

그때에는 그래도 고을마다 아직까지는 활기가 남아
있었지만, 다가올 가을걷이를 대비하기는커녕 남자의
씨가 말라 올해는 제대로 파종조차 하지 못했으니 지금
쯤이면 참담한 지경이 되어 있을 것이었다.

이런 와중이니 완안옹이 파죽지세로 이 지역을 진군
하여 대명부까지 이르는 것은 생각보다 어렵지 않을 터
였다.

남아 있는 지방관들도 저항하고 싶은 생각이 있더라
도 병력이 없어 그럴 엄두를 내지 못할 터였다.

"이번에 순주를 공격할 때에 고려군이 사용한 포가

꽤나 쓸모가 있었다고 들었다. 고려군도통사 정민은 그 제작과 운용의 방법을 알려 남경 공략에 사용할 수 있도록 준비를 하여라."

"차질 없이 준비하도록 하겠나이다, 폐하."

완안옹은 정민에게도 명을 내렸다.

이미 완안옹 진영에서는 인력식 공성거와는 다른 무게추를 이용한 포에 고려포(高麗砲)라는 별명이 붙어 소문이 나 있었다.

그렇지 않아도 이 고려포의 수를 늘일 생각이 있었는데, 황제가 명을 내렸으니 쉽게 병력을 동원하여 다량으로 제작을 할 수 있게 될 것이었다.

금나라 병력에게도 그 제작법과 운용 방식을 알려 주어야 하는 것이 꽤나 아깝기는 하였으나, 어차피 정민은 완안옹을 적으로 삼을 생각도 없고 그럴 수도 없었다.

또 고려포는 어디까지나 화포(火砲)의 제작이 성공할 때까지 임시적으로 사용할 무기였다.

무기제작법과 운용법을 알려 주고 완안옹의 신임을 살 수 있다면 나쁘지 않은 거래였다.

지금까지 지켜본 결과, 완안옹은 받은 만큼 내어주는 신의가 있는 사람이었다.

"겨울이 찾아오기 전에 승부가 나게 될 것이다. 남경을 함락시키기만 한다면 완안량의 보급로가 완전히 끊어지고 병력은 굶주려 남송군에조차 맞서 싸우기 어려워질 것이니, 빠르게 남경 개봉부를 얻기만 하면 된다. 제장들은 부디 이 점을 유념하고 각기 군영으로 돌아가 원정 준비를 철저히 하도록 하라."

완안옹의 얼굴에는 생기가 돌고, 목소리에는 위엄이 있었다.

누가 보아도 진정으로 황제에 걸맞는 사람이었다.

정민뿐만이 아니라 그 자리에 있는 모든 이들이 그렇게 생각을 하였을 것이다.

이제 반역의 칼날은 완안량의 목에 들이밀어졌고, 그 동맥을 끊어 버릴 일만 남았다.

폐주의 숨이 멎는 순간에 반역의 칼날은 더 이상 역도의 것이 아니라 진정한 황제의 칼날이 될 것이었다.

제34장

폐주(廢主)는 쓰러지고

7월이 끝나 갈 무렵이 되자 전황은 급격하게 완안량에게 불리하게 전개되고 있었다.

소보충이 이끄는 금 수군은 물경 15만의 병력을 수백 척의 배에 나누어 싣고 임안을 치기 위해 바다로 나아가려 하였으나, 장강 하구에 진을 치고 있던 송나라 수군에 의해 거의 섬멸에 가까운 패전을 겪고야 말았다.

삼분의 일이 넘는 병력이 물귀신이 되고 말았으며, 나머지 병력들도 포로가 되거나 도주하여 거의 수습을 하지를 못했다.

소보충은 결국 송군에게 사로잡히기 직전에 자결로

생을 마감하였다.

완안량의 얼굴이 시커멓게 타들어 가기 시작한 것도 이 무렵부터였다.

지금이라도 남송과 화평을 맺고 회군하여 중도에서 남쪽으로 진군을 시작한 완안옹의 군세를 토평하는 것이 옳았으나, 완안량은 어떻게든 강만 넘어가서 건강과 지주의 두 고을을 얻으면 임안까지 금방 육박할 수 있을 것이라는 미련을 버리지 못했다.

그러나 건강에는 건왕 조위가 버티고 있었고, 지주에는 이미 금나라를 상대로 큰 승전을 거둔 우윤문이 버티고 있었다.

이쯤 되자 완안량도 사태를 다시 보지 않을 수가 없었다.

여름 동안 쏟아 내린 비로 인해 강물은 잔뜩 불어나 있어 도강은 점차 어려워지고 있었고, 화주는 건강과 지주의 양 요새에 의해 견제 받는 위치라, 여기서 재차 강을 건너는 시도를 하는 것은 위험하기 짝이 없었다.

결국 도단정, 포찰알론 등이 목을 베일 각오를 하고 남송과 어떻게든 화평을 맺은 다음 회군하여 완안옹을 벌하지 않으면 사직이 위태롭다고 진언하기에 이르렀다.

완안량은 처음에는 매우 분노하였으나 결국 상황을 받아들였다.

그러나 이대로는 얻어 가는 것이 전혀 없거니와, 남송에서도 순순히 화평에 응해 줄지도 의문이었다.

"남은 병력만 따져도 아직 50만의 대군이 내게 남아 있다. 양주(楊州)로 병력을 돌려 그곳에서 도강하여 남송을 압박해 화평을 취한 다음에, 다시 남경 개봉부로 진군하여 완안옹과 맞서 싸우겠다."

이 계획이 제대로 들어맞으려면 못해도 열흘 내에 남송과 승부를 보고 화약을 강제해야만 했다.

이미 완안옹이 중도에서 남쪽으로 병력을 움직이기 시작했다는 소식이 들려오고 있으니, 시기가 늦으면 이미 남경개봉부는 그의 손에 함락되어 있을 수도 있는 노릇이었다.

완안량도 그 정도의 계산도 안 되지는 않았다.

어찌 되었든 무언가 얻어 가는 것이 있어야 하고, 확실하게 남송을 압박하여 회군하는 군대의 뒤를 노리지 않게 할 정도의 시위도 필요하니 어떻게든 도강은 성공하여야만 했다.

"사람으로 강을 메워서라도 건너가야 한다!"

"부교(浮橋)를 놓아라!"

회남 일대에서 끌려온 남송의 백성들은 완안량 군대가 들이민 칼날에 장강으로 뛰어들어야만 했다.

이들은 목숨을 걸고 불어난 물속에서 부교를 놓아야만 했고, 그러다 물살에 휩쓸려 가도 누구 하나 구해 주는 이가 없었다.

일을 게을리 하다가는 금병(金兵)에게 변명할 기회도 없이 목이 베이기 일쑤였다.

완안량이 나름 고심하여 양주를 도강 지점으로 삼은 데에는 이유가 있었다.

양주성 머지않은 곳에서 장강의 폭이 좁아지는 곳이 있었고, 이곳에는 퇴적된 흙으로 만들어진 섬이 여럿 있었다.

강의 북안에는 과주진(瓜州鎭)이라는 요새가 하나 서 있었고, 맞은편 남안에는 진강부(鎭江府)의 고을이 있었는데, 이미 완안량이 점거한 과주진은 튼튼하게 세워진 요새인 반면, 진강부에는 강만 건넌다면 들이치는 것이 어렵지 않은 허름한 성채만이 있을 뿐이었다.

건강이나 지주에서 송나라의 병력이 이곳으로 다시 움직이기까지는 사나흘의 시간이 있으니, 그사이에 어떻게든 진강부를 점령하고 임안으로 가는 길목까지 잡아서 송나라를 압박해 화평을 취할 생각이었다.

과주도(瓜州渡)에 결국 부교가 놓이고 병력이 움직이기 시작하자 완안량은 내심 안심을 하고 기분이 풀어지기 시작했다.

진강부에 주둔한 송군이 끊임없이 화살과 돌을 쏘아 도강을 견제하고자 하였으나, 부교를 놓는 데 동원되었던 송나라 백성들을 이번에는 방패삼아 앞세워 병력을 최대한 손실하지 않고 진군시키고 있었다.

누가 보아도 지나친 처사라 탄식을 할 광경이었으나, 어떻게든 전황을 수습할 생각뿐인 완안량의 입장에서는 아무런 문제도 아니었다.

그리고 실제로도 이러한 완안량의 전략은 성공적인 것으로 보였다.

그러나 겉으로 보기와는 다르게, 완안량의 군대는 내부로부터 이미 무너지고 있었다.

"갈왕이 사면장(赦免狀)을 내렸다고 합니다."

"목숨을 부지하려면 지금 외에는 기회가 없소."

완안옹의 입장에서도 시기를 놓쳐 만약 완안량의 수십만 병력과 맞서 싸워야 한다면 피곤한 일이 아닐 수 없었다.

때문에 남경으로 진격하면서도 간자를 통해서 완안량의 남벌군 내부에 군세를 이탈하여 완안옹의 편에 선다면 모든 죄를 사하고 중용하겠다는 사면장을 회람시키는 것을 잊지 않았다.

그렇잖아도 패전의 기색이 보이는데다가 완안량의 전횡에 전전긍긍하고 있던 장수들은 크게 동요하기 시작했다.

"때를 보아 황제를 처결하여야겠소."

"쉽지 않을 것입니다."

특히 완안원의(完顔元宜)와 그의 권속들은 그냥 전선을 이탈하는 것이 아니라 아예 완안량의 수급을 완안옹에게 가져다 바칠 생각을 하고 있었다.

완안원의는 그간 적잖이 교감이 있던 도단정에게 이 계획을 은밀히 비추었다.

사실상 완안량에게 마음이 완전히 떠난 도단정은 완안원의에게 섣부르게 움직이지 말라고 질책을 하면서도 시기가 무르익으면 그 계획에 동참할 것이라는 것을 은근슬쩍 암시하였다.

벼슬이 어사대부에 이르렀고, 남벌군에서도 좌감군이

라는 중요 직책을 맡고 있는 도단정이니만큼, 이번 일에 거는 판돈은 매우 큰 셈이었다.

그러나 완안원의의 부추김을 들은 이후로 그의 머릿속에서는 완안량을 어떻게 해야 손쉽게 제거할 수 있을지 생각이 떠나가지를 않았다.

이 와중에 병력의 절반 가량이 도강에 성공하여 겨우 수만의 병력만이 머무르고 있는 진강부를 포위하기 시작했다. 완안량은 승기를 잡았다는 생각에 도취하였다.

그는 비록 강을 건너지 않고 과주진의 요새에서 이를 감독하고만 있었으나, 이내 장강 너머 임안을 압박해 막대한 전리를 취하는 화평을 맺을 기대에 들뜨기 시작했다.

비록 당초에 계획했던 남송을 완전히 정벌하려던 포부야 잠시 접어야 하겠지만, 이참에 장강 이북의 회남(淮南) 지역을 완전히 뜯어낼 생각을 하니 아쉬운 대로 만족스러운 노릇이었다.

물론 송군도 이때에 이러한 위협을 그저 방관하고 있지만은 않았다.

화주에서 금군이 완전히 양주 방향으로 옮겨 간 것을 알게 된 건왕은 양주를 겨냥하던 건강에서 병력 18만을 빼어서 진강부를 지원하기 위해 움직이기 시작했다.

정탐병에 의해 확보된 이 소식을 완안량도 들었으나, 그다지 중요하게 생각하지 않았다.

무려 50만의 정병이 자신에게 있었다.

이 병력이 모두 강을 건너서 진강부를 함락만 시킨다면, 그때에는 고작 18만의 송군이 여기에 당도해도 어쩔 도리가 없을 것이라는 생각이었다.

그러나 한 가지 찝찝한 구석이 있다면, 아직 회남에서 유일하게 점령하지 못한 태주(泰州)였다.

도강을 마친 다음에, 태주에 남아 있는 송군이 양주로 진격하여 퇴로를 막아 버리면 골치가 아파지는 노릇이었다.

이때 기회를 보고 있던 도단정이 완안량을 부추기기 시작했다.

"태주에 있는 송군은 고작 3만에 불과합니다. 회남 각지에서 우리 군대에 의해 패주한 잡병들이 태주로 모여들고 있다고 하나, 활을 쥘 힘도 없는 패잔병들에 불과합니다. 그러니 정예인 경군을 내어 빠르게 진압하고 후방을 튼튼하게 하소서."

완안량이 도단정의 말을 들어 보니 과연 옳은 구석이

있었다.

황제를 호위하는 정예 중의 정예인 경군을 내는 것이 조금 마뜩찮기는 했으나, 그가 보기에도 그 정도의 잘 단련된 군대가 아니면 태주를 빠르게 함락시키기는 어려워 보였다.

완안량은 즉시 경군을 위시하여 1만 병력을 내어 태주를 공략하라는 명령을 내렸다. 그리고 자신은 계속 과주에 남아서 남은 병력이 마저 도강하여 진강부를 공략하는 일을 지휘하겠다고 했다.

8월 2일, 대략 30만의 병력이 도강을 마치고 진강부를 에워쌌고, 1만의 정병이 과주진을 출발하여 태주로 향했다. 그리고 그 이튿날 완안옹의 20만 대군이 남경 개봉부의 바로 코앞까지 진군해 왔다.

태자(太子)를 호종하여 남경의 방비를 맡은 태자소사 (太子少師) 와리야(訛里也)는 남경개봉부 성루에 서서 10리 밖에 진을 치고 있는 완안옹의 군대를 보자 저도 모르게 등에 식은땀이 흘러내렸다.

설마하니 완안량이 송나라를 남벌하는 일을 실패할 것이라고는 생각하지 않았지만, 그와 별개로 그동안 자신이 남경을 잘 사수할 수 있을 것이라고는 장담할 수가 없었다.

얼마 전까지만 하더라도 그는 남벌군을 쫓아 전선에 내가 군공을 세울 기회를 얻지 못하고, 안전한 남경개봉부에 앉아서 성을 지키고 있는 것이 못내 불만이었다.

그런데 이제는 완안옹의 20만 대군과 맞서 싸워야 하는 상황이 되었으니 눈앞이 캄캄해지고 마는 것이었다.

어떻게든 완안옹을 패퇴시킨다면 가장 좋을 것이지만 고작 수만도 되지 않는 병력으로는 수성을 하는 것이 고작이었다.

그렇다면 어떻게든 완안량이 남송을 평정하고 남경으로 귀환하기까지 지켜 내야만 했는데, 솔직한 말로 와리야는 그럴 자신이 없었다.

도대체 언제쯤에야 완안량이 대군을 이끌고 귀환한다고 장담을 한단 말인가.

아쉬운 대로 일단은 원병을 청하는 글을 써서 회남의 남벌군으로 보내긴 하였으나, 자신이 아닌 완안량의 성격으로 보건대 이에 응해 주기는커녕 질책을 하며 어떻게든 남경을 지켜 내라고 호통만 칠 것이 분명했다.

'최악이다.'

일을 잘 풀어낼 기지가 있다면 좋으련만, 그로서는 기댈 구석이 별로 없었다.

남경을 방비하는 최종 책임자는 태자인 완안광영이었지만, 그는 고작 나이 열둘의 소년에 불과했다.

"저 반역자들을 물리친다면 부황 폐하께서 매우 기뻐하시겠지요?"

옆에 서서 완안옹의 군세를 보고 있는 태자는 철없는 소리만 늘어놓을 뿐이었다.

어린아이에게 많은 것을 기대할 수는 없는 노릇이지만, 와리야로서는 복장이 터질 노릇이었다.

"폐하께서는 매우 기뻐하시면서 태자 전하에게 많은 상을 내리실 겁니다."

"일단 예쁜 처자를 비로 맞아서 혼례를 치를 수 있다면 좋겠어요."

이제 막 여자에 관심을 가지기 시작한 태자였다.

와리야는 머리가 지끈거려 왔지만, 지금은 그저 태자의 심기를 맞추어 주는 것 외에는 그가 딱히 할 수 있는

게 없었다.

'사면초가로구나…….'

듣자하니 서하와 고려의 원병들까지도 완안옹에게 가세했다고 하고, 거병한 뒤로 완안옹의 군세는 줄기는커녕 점차 불어나서 남경까지 당도한 것이라고 한다.

와리야는 전장에서 잔뼈가 굵은 사람은 아니고 도리어 문사(文士)에 가까운 사람이라 병력을 움직이는 묘미는 전혀 알지 못하지만, 얼핏 보기에도 남경성 앞에 당도하여 있는 완안옹의 군세는 기율이 잡혀 있고 사기도 충만해 있는 것 같았다.

물론 20만 병력이라고는 하나, 완안량이 대군을 이끌고 돌아온다면 결국에는 정리가 될 숫자이긴 했다.

그러나 문제는 도대체 완안량이 언제 남송을 정벌하고 남경을 구원하기 위해서 올 것이냐는 것이었다.

"나도 이번에 말을 타고 나아가서 반역자의 목을 직접 따 오겠어요. 그런다면 백성들이 모두 나를 칭송하겠지요?"

"나라의 대통을 이으실 몸이시니 위험한 곳에는 나서지 않는 것이 좋을 것입니다. 전하, 이제 그만 성루를 내려가서 쉬시는 것이 어떻겠습니까? 날씨가 아직 많이 덥습니다."

와리야는 옆에서 멍청한 소리만 늘어놓는 태자의 말에 상념에서 깨어 나왔다.

그는 한숨이 나오려는 것을 간신히 억제하고 태자를 재촉하여 성루를 내려왔다.

남경의 대궐로 돌아가는 길에 와리야가 살펴보니, 이미 남경개봉부의 민심은 들썩이고 있었다.

어차피 이러나저러나 전쟁을 피할 수 없다면, 완안량이 돌아오기를 기다리느니 완안옹에게 성문을 열어 주고 그를 돕는 것이 낫다는 이야기까지 들려오는 판국이었다.

와리야는 그런 말을 퍼뜨리고 다니는 자를 잡아서 목을 매달도록 하였지만, 한 번 돌아선 민심을 다독이는 것이 무엇보다 어렵다는 일 정도는 알고 있었다.

그저 지금으로서는 중수(重修)한 지 얼마 안 되는 튼튼한 개봉성의 성벽만을 믿는 수밖에 없었다.

그러나 그것이 얼마나 도움이 될지, 솔직한 마음으로 자신이 없었다.

더군다나 이미 성 밖 저 너머에서 무려 50기나 되는 돌쇠뇌가 설치되고 있는 것을 두 눈으로 보지 않았던가.

엉뚱한 곳에 돌을 꽂아 넣기 일쑤인 돌쇠뇌가 그다지 효과적일 것이라고는 생각하지 않았지만, 50기나 되는 숫자는 무시무시 했다.

'버티자, 일단은 별수가 없다. 만약 여차한 상황이 된다면 태자만이라도 빼내어 탈출시켜야, 나중에 황제가 귀환하였을 때 목숨이라도 구함 받을 것이다.'

와리야는 사실상 남경개봉부를 지켜 낼 생각을 포기하고 있었다.

❖　　❖　　❖

완안원의는 원래 거란 출신 야율(耶律)씨로, 그 조상이 금조에 투항하여 여러 공적을 쌓았기에 황성(皇姓)을 사사 받게 되었다.

그 또한 벼슬길에 나아가 승승장구 하였으며, 남벌군에 참여해서도 대명부(大名府)에서 징병한 기병 1만을 이끌고 화주에 이르렀을 때 마주한 송나라 10만 군대와 용맹하게 맞서 싸워서 격퇴하는 데 일익을 담당하였고, 이 공로로 절서도도통제(浙西道都統制)로 임명되고 광록대부(光祿大夫)에 올랐다.

그러나 그는 이미 완안량의 남벌은 성공할 수 없다고 판단하고 있었다. 바로 직접 병력을 이끌면서 얼마나 기율이 해이해져 있으며, 사기가 떨어져 있는지 두 눈으로 똑똑히 목격한 탓이었다.

이 와중에 완안량이 자꾸만 무리한 도강을 강요하며 이를 완안원의에게 감독하도록 시키자 그는 한가득 불만을 품고 있었다.

만약 실패할 경우 그 책임이 온전히 자신에게 돌아올 것이 분명했기 때문이다.

때문에 과주도에서 어떻게든 부교를 놓고 병력을 도강시켜서 진강부를 포위할 수 있도록 혼신의 힘을 다했다. 하나 그 와중에 완안원의가 체감한 것은 머릿수만 많을 뿐이지 사실상 제대로 된 공격 한 번만 받게 된다면 순식간에 이 남벌군은 와해되고 말 것이라는 사실이었다.

그래서 완안옹이 사면장을 내렸다는 소문이 돌자마자 완안원의는 주저하지 않고 도단정을 찾아가서 완안량을 처치하자고 은밀히 제안했던 것이었다.

좌감군 도단정은 가타부타 확답을 주지는 않고, 때가 되면 생각해 보자며 말을 흐렸으나, 이미 그의 마음도 기울었음을 완안원의는 확신할 수 있었다.

아니나 다를까, 도단정은 완안량을 부추겨서 정예인 경군을 태주를 공격하도록 보내 버려서 완안량의 주변 경계를 허술하게 만들어 주었다.

완안원의는 때가 왔음을 직감했다.

경군이 태주를 토평하고 돌아오면 때는 늦는다. 사흘 남짓한 시기 안에 완안량을 처결해야만 했다.

진강부는 아직 함락되지 않았고, 건왕이 이끄는 송나라 군대가 이미 삼십 리 밖까지 당도했다는 정탐병의 보고를 들은 완안원의는 더 이상 주저하지 않았다.

"오늘 저녁에 거사를 치를 것이오. 단단히 무장하고 갑주로 몸을 둘러싼 다음에 과주진 요새에 아무도 들고 나지 못하도록 막으시오. 나는 황제에게 송나라 군대가 진군하였음을 보고한다는 핑계로 독대하여 그사이에 목을 베어 버리겠소."

완안원의는 은밀하게 자기 휘하의 장수들과, 미리 교감이 된 이들을 불러 모아서 계획을 전달했다.

혹여나 완안량에게 계획이 새어 나갈까 싶어 작정한 거사 시간이 얼마 남지 않은 오후에서야 불러 모은 것이었다.

다행히 이미 여기에 모인 이들은 마음을 굳힌 모양인지 완안원의에게 적극적으로 동의의 의사를 표하고 있었다.

무엇보다도 이미 육박해 온 송나라 군대에게 느끼는 위협이 주효했을 것이었다.

제정신인 사람이라면 송나라 군사를 이긴 다음에 완안옹까지 다시 제압한다는 건 이 군대를 이끌고서는 불가능하다는 사실을 능히 짐작하고도 남을 것이다.

계획이 세워지자 완안원의는 주저하지 않고 날이 저물기만을 기다렸다가 보고를 핑계로 경계가 허술한 황제의 장막으로 나아갔다.

황제의 장막은 과주진의 요새 안에 자리하고 있었는데, 이미 과주진을 방비하고 있는 병력들은 도단정에 의해서 한 번 물갈이가 되어 있었다.

이들로 하여금 안에서 무슨 일이 벌어지든지 경거망동하지 말라고 명을 단단히 내려놓은 다음에, 거사에 동참한 무장들로 하여금 과주진을 단단히 에워싸고 불을 놓을 준비를 마친 다음 홀로 막사로 들어섰다.

"그래, 도강은 이제 다 끝났느냐?"

완안량은 그 와중에 이제 승기를 잡았다는 생각인지,

옷을 풀어헤치고서 술병을 손에 쥐고 금침에 기대어 누워 있었다.

완안원의는 순간 실소가 나오는 것을 참기 어려웠다.

술에 취한 와중에도 완안원의의 헛웃음을 들은 모양인지 완안량은 눈매가 날카로워졌다.

"방금 그 웃음은 뭐냐?"

"몰라서 물으십니까, 폐하."

"이놈! 이놈이 죽고 싶어 환장을 하였구나!"

완안량은 비척거리면서 일어나 장막에 있던 철검 하나를 뽑아 들고 완안원의에게 겨누며 호통을 쳐 댔다.

완안원의는 완안량의 눈에 번득이는 광기를 보면서 참으로 잘못된 주인을 이제껏 잘도 섬겼다고 생각했다.

저런 광인을 살려 두어 봐야 헛된 목숨들만 수태로 잃게 할 것이라는 생각이 확고해지자, 완안원의는 주저 없이 차고 있던 칼을 빼어 들었다.

"이놈이? 네놈이 무슨 반역을 하고자 황제의 장막에서 칼을 차고 들어와 빼어 드느냐! 죽어라!"

완안량의 일신의 무위야 소문이 자자했다.

애초에 피로 길을 만들어 가며 황제의 자리에 오른 사람이었다.

그 칼로 수많은 목을 베고, 가슴을 도려낸 사람이었다.

그러나 술에 취해서 비틀거리는 황제가 완안원의는 어쩐지 전혀 무섭지가 않았다.

그는 주저하지 않고 황제의 칼을 거세게 쳐 낸 다음에, 잠시 술기운에 비척거리는 완안량이 빈틈을 보이자 바로 다리를 걷어차 넘어뜨려 버렸다.

그리고서는 주저 없이 아직 칼을 놓지 않고 있는 완안량의 오른손을 칼로 찍어 내렸다.

"흐업!"

오른손에서 전해져 오는 고통에 이제야 정신이 번쩍 드는지 황제는 신음을 토해 냈다.

완안원의는 힘이 풀린 완안량의 오른손에서 아직 놓여 있는 칼을 걷어차 버리고, 발로 완안량의 배를 밟은 채로 자신의 칼을 목덜미에 겨누었다.

"폐하, 아니, 폐주여. 새로운 황제가 이제 남경에 당도하였는데, 아직도 미몽에서 헤어나지 못하고 남송 정벌의 꿈을 꾸시고 계시는가?"

"하아, 하하하. 완안옹 그놈이 황제라? 내가 그놈의 목을 진작 베어 버렸어야 하는데. 그래, 네놈도 그 반란군에게 붙었구나."

완안량은 숨을 헐떡이면서도 웃어 대고 있었다.

진정으로 미친 사람의 모습이었다.

완안원의는 더 이상 시간을 끌 생각이 없었다.

목숨이 끊어질 마당이 되어서도 눈이 뒤집혀 웃어 대
는 꼴을 더 보고 있기 힘들었다.

완안원의는 칼을 들어 완안량의 동맥을 주저 없이 거
칠게 그어 버렸다.

"흐엇……!"

경동맥이 끊기자 완안량의 목으로부터 비산(飛散)하
여 떨어진다.

눈이 뒤집힌 채로 완안량은 목에 손을 가져가 보았지
만 소용이 없는 노릇이었다.

얼마 지나지 않아 완안량은 그 자세 그대로 움직임을
멈추었다.

거칠게 뿜어져 나오던 피가 완안원의의 갑주에도 붉
게 튀었으나, 그는 전혀 개의치 않고 맨손으로 완안량의
머리채를 쥐어 잡고 그 주검을 막사 밖으로 끌어내었다.

"폐제 완안량이 죽었다!"

완안원의는 과주진 막영 앞 땅바닥에다가 완안량의

시체를 내동댕이쳤다.

완안량의 명에만 복종하며 그 옆을 지켜 왔던 경군 5천은 모두 태주에 출진해 있는 상황이었다.

무관과 병졸들이 나아 와서 그 주검을 보고서 숨을 들이켰으나, 아무도 완안원의를 황제를 시해한 역도로 몰아 잡아들일 생각을 하지 않았다.

건왕 조위는 건강에 결집한 병력을 모두 이끌고 금나라의 도강을 막기 위해 진강부로 향해 왔다.

불어난 강물에도 불구하고 부교를 놓아 가면서 수십만의 병력을 금군이 전개시키는 광경은 솔직한 말로 위압적이었다.

자세히 살펴보면 개개의 병사들이 이미 패잔병이나 다름없는 상황이었으나, 그 수가 어마어마하다 보니 가벼이 볼 수가 없었다.

조위가 진강부에 가까이 당도하였을 때, 이미 부교를 넘어서 과주진에 있던 금군 가운데 절반 이상이 건너와 진강부를 에워싸기 시작하고 있었고, 선풍포(旋風砲)와 같은 공성무기도 설치되고 있는 것을 보아 곧 공성전을 시작할 낌새였다.

그러나 이틀이 지나도 공격은 시작되지 않았다.

오히려 진강부를 에워싸고 있던 포위망이 점차 무너지고 있는 것처럼 보이기도 했다.

조위는 처음에는 금군이 자신이 끌고 온 병력을 발견하고 공성전을 늦추고 있는 것이 아닌가 생각했다. 그런데 돌아가는 모양을 보니 그렇지가 않았다.

"적진의 동태가 이상하구나."

흔치 않은 준마(駿馬)에 올라서 화려한 갑주를 착용하고 평원 너머 강이 닿는 곳에 우뚝 선 진강부의 성채를 바라보며 조위가 말했다.

성 주위를 금군이 무리지어 에워싸고 있었으나, 그 진열이 무너지고 있는 것이 눈에 빤히 보일 정도였다.

"적진에 무슨 일이 벌어진 모양입니다. 병사들을 효율적으로 지휘하는 자가 없는 것처럼 보입니다, 전하."

건왕 조위의 곁에서 주희(朱熹)가 대답해 왔다.

주희는 정초에 완안량에게 보내졌던 사절단에 참여하여, 서하 및 고려와 밀약을 맺고 왔을 뿐 아니라, 전쟁을 일찌감치 준비하도록 살펴 도운 점이 고려되어 조위의 신임을 크게 받고 있었다.

아직 대외적으로 공적을 치하할 단계는 아니라, 벼슬이 딱히 올라가거나 하지는 않았으나, 이번 원정에서 조위는 그 참모로 주저 없이 주희를 선택하여 전장으로 데리고 나갔다.

스스로 성현의 말씀을 탐구하고 세상의 이치를 살피는 선비로 생각할 뿐, 병력을 운용하는 일에는 조예가 전혀 없다고 단언하는 주희였으나, 조위의 발탁을 거절하기는 어려웠다.

나름 머리를 쓰는 일에 관해서는 전반적으로 자신이 있는 그였다.

바둑이나 장기 실력으로도 이름이 나 있었다.

금나라의 전황이 그날 정민, 야리웅 등과 논한 바대로만 돌아가 준다면 적당히 전략을 세워 가면서 공훈을 쌓을 수 있을 것이라는 계산도 있었다.

그 정도는 자신의 머리면 충분히 감당하고 남을 것이라는, 일종의 자신감이었다.

그리고 아직까지는 그의 예측을 크게 벗어나지 않았다.

그러나 그로서도 지금 강 너머 과주진에 자리한 금군

의 본영에 무슨 일이 벌어졌는지를 가늠하는 것은 불가
능한 일이었다.

"무슨 일인지를 알아야 지금 군사를 움직여서 금군을
고립시키고 공격을 할지, 아니면 방어적으로 견제를 할
지 결정을 할 수 있을 터인데……."

전투에서는 병력의 숫자도 중요했지만, 그 병력의 질
도 무시할 수 없는 요소였다.

남송군이라고 해서 딱히 보급이 아주 좋거나 무장 상
태가 탁월하다고 할 수는 없었지만, 지금 눈에 보이는
금군의 상태에 비해서는 월등하게 잘 준비되어 있었다.

더군다나 지휘가 잘 이루어지지 않는 꼴을 보아하니,
머리수가 저리 많다고 하더라도 막상 진강부 내에서 수
성하고 있는 병력과 양동하여 몰아붙인다면, 금군을 다
시 장강 북쪽으로 밀어낼 자신도 있었다.

하나 어디까지나 그러한 전략은 금군의 현 상태가 갈
수록 악화되거나, 최소한 유지된다는 전제하에서였다.

지금 눈에 보이는 광경이 잠시 해이 된 상태일 뿐, 이
내 회복되어 거친 공세로 전환되기 직전이라면, 금쪽같
은 병력을 투입하여 저들을 치는 것은 자살 행위가 될
것이었다.

"급보입니다!"

말을 돌려 다시 군영으로 돌아가 대응 전략을 고민하려던 차, 군관 하나가 말을 급하게 몰아 오더니, 헐레벌떡 땅으로 내려와 부복하며 고했다.

건왕은 영문을 모르겠다는 표정으로 주희를 잠깐 바라본 다음, 무관에게로 시선을 돌렸다.

"무엇이냐?"

"금주(金主)가 살해당했다고 하나이다."

"그것이 정말이냐? 알고 있는 것을 모두 말하라."

완안량이 죽었다고 한다.

건왕의 맥박이 순간 빨라졌다. 그는 추궁하듯이 무관에게 더 자세한 내용을 말하라고 재촉했다.

"확실히 확인된 것은 아닙니다. 금병으로 변복시켜서 적진에 잠입시켰던 간자가 방금 돌아와 고한 내용입니다. 어제저녁에 과주진 성채 내에서 무관에게 금주가 칼에 베어져 죽었다고 하나이다."

"그것이 정말이라면, 금군의 장수들은 이제 어찌한다고 하는가?"

"개봉을 들이치고 있는 완안옹에게 투항할 작정인 듯합니다."

건왕은 바쁘게 생각을 정리해 보았다.

만약 첩보가 사실이라면, 이것은 송군에 분명히 유리한 상황이었다.

지휘 계통이 무너지면 전쟁 수행 능력이 급격히 저하가 된다.

그렇잖아도 금군은 완안량 개인의 독단에 지나치게 휘둘리던 군대였다.

애초에 남송을 공략하겠다는 것도 완안량이 무리하게 추진한 일이 아닌가. 그러니 금군으로서도 전쟁을 더 수행할 이유가 사라진 셈이었다.

"그것이 사실이라면, 금군의 이상한 동태도 설명이 되나이다."

옆에서 가만히 듣고 있던 주희가 조심스럽게 건왕에게 말했다.

건왕도 같은 생각이었다.

그러나 내심 마음 한구석에 두려운 것은 이것이 적의 반간계(反間計)가 아닌가 하는 생각이었다.

"혹여 반간계라면, 우리는 적의 아귀에 제 발로 걸어 들어가는 셈이 될 터인데."

"완안량이 죽었다고 하더라도 하루아침에 금군이 와

해되지는 않을 것입니다. 금의 장수들도 각기 앞으로 살 길을 도생(圖生)하여야 하니 어떻게든 병력의 일부라도 건사를 하려 들 것입니다. 그러니 앞으로 조금 더 지켜 보고 금군을 들이칠지 말지 결정하는 것이 좋을 듯합니 다, 전하."

주희의 말이 옳다고 건왕은 생각했다.

그는 잠시 병력을 대기시키고서 금군의 동태를 더욱 면밀하게 관찰하기 시작했다.

이미 강을 건너와서 진강부를 포위하고 있던 금군은 며칠 지나지 않아 급속도로 와해되어 도망가는 자가 늘 어났고, 명령을 받지 못해 우왕좌왕하는 것에 눈에 선히 보일 정도였다.

도망하는 금군 병사를 잡아다가 취조를 해 보니, 병 사들 사이에서도 알음알음 완안량이 시해 당했다는 이 야기가 퍼져 있는 모양이었다.

애초에 숨길 생각도 없이 완안량을 베어 버린 다음에 그 죽음을 공포한 듯싶었다.

"지금이 적기입니다. 치소서."

주희도 이제 판단이 선 모양인지, 건왕에게 금군을 들이칠 것을 권해 왔다.

건왕도 더 이상 고민을 하지 않았다.

십만이 훌쩍 넘는 병력을 즉시 전개시켜서 진강부를
에워싸고 있는 금군의 서쪽 측면을 공격해 들어갔다.

전투 준비가 전혀 되어 있지 않은 금군은 싸울 의지
도 없이 허물어져 갔다.

이내 진강부 안에서도 호응이 시작되어, 그간 아껴
두어 왔던 화살을 도주하는 금병들에게 퍼부어 대기 시
작했다.

금병들을 간신히 붙잡아 두고 있던 금군 지휘관들도,
이 상황에서는 그저 전투를 회피하고 목숨을 부지하기
에 급급했다.

싸워야 할 이유가 사라졌으니, 무리해서 응전하려고
하지 않는 것이다.

결국 강가까지 밀려난 패주병들은 부교를 건너서 도
망치려고도 하고, 강에 무작정 뛰어들어 헤엄을 치기도
했다.

건왕이 지휘하는 송군의 우익(右翼)은 방향을 잘못
잡고 도망치던 금병들을 사로잡아 결박하고, 좌익(左翼)
은 진강부를 등에 지고 강변을 향해 화살을 쏘아 댔다.

얼마 가지 않아 강에 놓인 부교에 불이 붙었다.

강 너머의 금군은 아무런 조치도 취하지 못하고 수수 방관만 할 뿐이었다. 지휘 계통이 완전히 무너져 있다는 증거였다.

못해도 수만의 금병이 이 전투에서 목숨을 잃었을 터인데, 그 가운데 많은 이가 도망을 치다가 강에 빠져 죽은 것이었다.

부교가 완전히 타 버려 끊어지자, 아직 건너가지 못하고 남아 있던 금군들은 더 이상 싸우는 것도 포기하고 항복을 해 왔다.

대승이었다.

❈　❈ · ❈

아직 완안종의가 완안량을 베어 버렸다는 소식이 개봉까지는 당도하지 않았다.

때문에 완안옹은 남경 개봉부를 공략하는 일에 지금 모든 주의를 집중시키고 있었다.

굳게 닫힌 남경성의 성문 안쪽에서는 아무런 기척도 나지 않을 정도로 고요했다.

가끔 성벽 위에서 경계를 서고 있는 병사들이 활의

사거리라도 재듯이 화살을 한두 번씩 날려 오는 것을 제외하고는 충돌도 없었다.

그런 소강 상태가 사흘 남짓 지나자, 완안옹은 남경의 태자가 항복해 올 뜻이 없다는 것으로 판단하고 공격을 개시할 명령을 내렸다.

그동안 정민이 개량하여 설치한 고려포들이 남경성의 북면을 향해 조준되었다.

"최대한 빠르게 함락시켜야 할 것이다. 폐주가 혹여 그사이 전역을 정리하고 남경으로 들이치기라도 한다면 일이 모두 꼬이게 된다."

그럴 가능성이 높다고는 전혀 생각하지 않았지만, 완안옹은 애초에 모험을 즐기는 사람은 아니었다.

그는 판돈이 높게 걸려 있을수록 신중하게 고려하는 편이었다.

그렇기에 완안량이 자기 아내를 겁탈하고 죽음으로 몰아넣었을 때도, 지방 고을들로 좌천시켜 돌아다니게 할 때도, 참고 인내하면서 칼날을 갈고 있을 수 있었던 것이다.

그렇게 기다리다 어렵게 잡은 기회였다.

한 치의 실수가 있어서는 안 될 일이었다.

"성 안에서는 그다지 항전의 의지가 없는 모양입니다."

이틀 정도를 공격해 보았지만, 남경에서는 큰 반응이 없었다.

고려포가 북쪽 성벽의 한쪽을 반쯤 허무는 데에 성공했는데도, 밤을 틈타 그 부분을 보수하거나 병력을 증강하거나 하는 시늉조차 없었다.

무슨 생각인지 모를 정도였다.

"무슨 비장의 한 수를 숨겨 놓은 것은 아닌 것 같은데……."

이석이 얼굴을 찡그리며 중얼거렸다.

아마 완안옹 앞에 앉아 있는 장수들 모두가 비슷한 생각인 듯했다.

"태자는 어리고 남아 있는 병사들은 그다지 정예병도 아닐 것입니다. 출중한 무장들은 모두 출정하여 남송과의 전역에 투입되었고, 남아 있는 것은 태자소사 와리야뿐이니, 지금 이 상황을 어찌 타개하여야 할지 고민이 가득할 것입니다."

그때 한쪽에서 말없이 앉아 있던 완안복수가 입을 열었다.

일찌감치 시세를 읽고 남벌군에서 이탈하여 산동을 점거하였다가 완안옹에게 투항해 온 자답게 예리하게 남경 내부의 기류를 추정했다.

"그렇다면 와리야의 판단에 남경의 문이 열리느냐 아니냐가 달렸겠군."

"와리야로서는 남경을 지키는 것보다 태자를 구명하는 것이 더욱 절실할 것입니다. 어차피 그가 지휘하는 병력으로는 남경을 오래 지켜 내기 어려울 것입니다. 신이 와리야라면, 태자를 정예병으로 호위하여 아직 에워싸지 못한 남문이나 동문으로 탈주하여 폐주에게로 도망치려고 할 것입니다."

정민도 한마디 거들었다.

완안옹과 장수들은 듣고 보니 그럴 법한 이야기라고 생각했다.

지금 완안옹의 군대는 남경으로 들어가는 보급로만 차단해 두고, 성을 완전히 에워싸지는 않은 상황이었다.

일부러 그런 것은 아니고, 당장에 남경에 원병을 보낼 수 있는 곳이 없다는 판단 하에 병력을 집중시켜서 진입로를 확보하려는 생각에서였다.

"흐음, 그렇다면 공세를 계속하되 혹여 와리야가 태

자를 보위하여 달아날 때를 대비해서 그놈들을 잡아들일 준비를 해 놓아야겠군."

정민은 완안옹의 말에 바로 자청해서 자신이 동쪽으로 빠지는 길에 매복을 하겠다고 했다.

"소신에게 동쪽으로 회남(淮南)으로 이어지는 길목을 막게 하여 주소서."

"굳이 그대가 그렇게까지 할 필요는 없을 것 같은데."

"다른 방향에도 매복을 두셔야 합니다. 어느 쪽이 진짜 태자가 있는 무리인지 알지 못하게 여러 방향으로 가짜 군세를 도망치게 할 수도 있습니다. 다만 동쪽으로 펼쳐진 야지가 소신이 병력을 운용해 보기에 적합한 지형이라 생각되어 간언드리는 것이나이다."

"무언가 또 시험해 보고 싶은 것이 있는 모양이군."

정민이 만들어 낸 고려포가 꽤나 효용이 있는 것을 완안옹은 똑똑히 보았다.

순주에 발목이 묶이지 않고 병력을 빠르게 움직이기 위해 고려군에게 그곳을 치도록 명했는데, 예상외로 빨리 순주를 함락시켰을 뿐만 아니라 고려포라는 제법 괜찮은 공성무기까지 만들어 왔다.

"좋다. 동쪽으로 가는 길목은 고려군에서 수천 정도를 골라 내어 정민이 지키고 있도록 하고, 남쪽으로 가는 길목은 서하의 야리웅이 맡아 주길 바란다. 동남방은 반융(潘瀜)이 맡아 지키도록 하여라."

완안웅이 결정을 내렸다.

서쪽을 따로 지키게 하지 않는 이유는, 그곳에는 이미 3만 정도의 병력이 혹여 모를 보급을 차단하기 위해 길목을 막고 있기 때문이었다.

서쪽으로 가 봐야 와리야와 태자를 지켜 줄 병력이 없었다.

❖　❖　❖

와리야는 사흘째 잠을 거의 이루지 못하고 있었다.

고작 2만의 병력으로 10배에 달하는 병력에 맞서서 남경을 지키는 것은 불가능했다.

단순히 수적 차이가 문제가 아니었다.

물자만 충분하고 병사들이 정예라면, 수성하는 입장이라는 유리함에 기대어 버텨 볼 자신이 있었다.

그러나 지금이 어떤 시국이었나.

숫자만 2만일 뿐이지, 대부분의 병사가 송나라와의 전쟁에 끌고 가지는 못할 만큼 늙거나 허약하여 남경에 내버려 둔 이들이었다.

더군다나 징집되기 전에는 평생 싸움이라곤 해 보지 않은 농부들이 태반이다.

먹기라도 잘 먹였으면 모르겠으나, 있는 군량 없는 군량을 탈탈 징발하여 70만 대군을 위해 가져간 완안량이었다.

이런 상황에서 얼마나 버틸 수 있을지 와리야는 솔직한 마음으로 암담했다.

"스승님! 도대체 언제 출정을 하여 적들의 목을 베러 가나요?"

이 와중에도 철없는 태자는 번뜩이는 칼을 나무를 향해 휘두르며 전의를 불태우고 있다.

열둘밖에 나이를 먹지 않은 아이에게 뭘 기대하겠느냐마는, 수시로 찾아와서 복장을 긁어 대니 와리야는 예민해지다 못해서 속이 끓어질 것 같은 기분이었다.

이제 여름도 끝나 가는데, 이상하게도 몸이 덥고 식은땀이 줄줄 흐르는데다가, 어지러워서 생각에 집중하기가 어려웠다.

그래도 태자에게 고까운 소리를 하고 훈계를 할 수는 없는 노릇이니, 와리야는 때가 되기를 기다리자고 달랠 뿐이다.

"북쪽 성벽은 앞으로 사흘을 버티기가 어렵습니다."

그 와중에 들려오는 보고는 한숨만 절로 나오는 것뿐이었다.

완안옹은 해만 밝으면 50대나 되는 돌쇠뇌로 북쪽 성벽을 두드려 댔다.

전장을 그다지 겪어 보지 않은 와리야였으나, 대개의 공성포들이 원하는 장소에 정확히 돌을 떨어뜨리기 어렵다는 정도는 알고 있었다.

때문에 어떻게든 병력을 동원해서 밤마다 보수를 해 가며 버텨 볼까도 싶었었다.

그런데 어쩐 일인지 완안옹이 쏘는 돌덩이는 꽤나 정확하게 한 곳만을 노리고 떨어져 댔다.

워낙에 튼튼하게 지어 올린 성벽이라 쉽게 허물어지지는 않았으나, 사실상 보수가 의미 없을 정도로 빠른 속도로 허물어지고 있었다.

어제는 북문의 누각이 다 부서질 정도로 공격을 해 대서 아무도 성벽으로 올라가서 적의 동태를 관찰하려

들지 않을 정도였다.

사기를 완전히 잃은 채로 주린 배를 쥐고 거리 여기 저기에 널브러져 있는 병사들은 통제가 되지도 않았다.

'이대로라면 그저 앉아서 죽음을 기다리는 것밖에 안 된다.'

항복을 한다면 마음이 편할 것이다.

그러나 지금 와리야로서는 그것은 선택지에 넣을 수 가 없었다.

완안량이 이미 회남에서 목이 베여서 죽었다는 사실 을 알았다면 와리야는 주저 없이 태자의 신병을 완안옹 에게 바치고 투항했을 것이다.

그러나 남경개봉부 안에 갇혀 있는 와리야에게 그 소 식이 며칠도 안 되었는데 닿을 리 없었다.

당장 완안옹조차도 그런 일이 일어난 줄 모르고 있는 상황이었다.

그러니 와리야는 완안량의 70만 병력이 언제고 완안 옹을 몰아낼 것이라고 생각할 수밖에 없었고, 때문에 어 떻게든 태자를 지켜 내지 않으면 안 된다는 생각뿐이었 다.

남경을 잃는 것만으로도 죽음을 각오해야 할 일인데,

그 와중에 태자의 신병에 문제가 생긴다면 무슨 노여움이 들이닥칠지 상상조차 하기 힘들었다.

'안 되겠다. 이대로라면 꼼짝없이 말라죽게 생겼다. 어떻게든 태자를 지켜 내서 회남의 폐하가 계시는 진영으로 움직여야겠다. 태자라도 살리면 어떻게든 목숨을 지켜 낼 기회가 있을지도……. 아니, 분명히 남경을 잃은 것을 추궁하고도 남을 텐데. 그래도 별도리가 없지 않은가.'

눈이 충혈 되어 벌게지도록 와리야는 고민을 거듭했다.

결국 선택지가 하나밖에 없음을 받아들여야만 했다.

그는 은밀하게 태자를 호종하는 내관들에게 마차를 여러 대 준비하라고 이르고, 남경성에 있는 중요한 문서와 재화(財貨)를 싣게 한 다음에, 그나마 믿을 만한 병사 삼천을 추렸다.

그리고는 이들에게 각기 서문, 남문, 동문을 통해서 도망하도록 명했다.

혹여 모를 일을 대비해서 각기 누가 태자를 호종하는지는 자기들도 알지 못하게 했다.

이 가운데 와리야가 실제로 태자를 숨겨서 도망칠 방

향으로 결정한 것은 동쪽이었다.

어떻게든 완안옹의 추적을 피해서 호주(毫州)에만 이른다면 회남까지 안전하게 도주할 수 있었다.

그러나 남쪽으로 가면 남송과 국경을 마주한 채주(菜州)였고, 이곳까지 완안옹이 육박해 오면 남송군과 완안옹 사이에 고립되는 최악의 경우가 발생할 수 있었다.

서쪽도 마찬가지였다. 중모를 거쳐서 정주(鄭州)까지 운 좋게 빠져나간다고 해도, 서쪽으로 향하면 향할수록 완안량의 본대와는 멀어지는 결과가 나올 뿐이다.

대안이 없으니 동쪽으로 향하는 수밖에.

그러나 태자가 빠져나간 사실을 모르게 만들기 위해서는 아군도 속이고 완안옹에게도 들켜서는 안 된다.

시점을 정하는 것이 매우 까다로웠다.

다시 이틀이 지나고서 기회가 왔다. 밤이면 적군의 공세가 멎어 들기 마련이었는데, 어쩐 일에서인지 횃불까지 틔우고 늦은 밤까지 북쪽 성벽을 두드려 대기 시작한 것이다.

조금만 더 공성포를 쏘아 대면 성벽이 무너질 것이라고 자신하는 모양이었다.

와리야는 일부러 북쪽 성벽에 병력을 더 보내어서 성

벽을 지키기 위해 애를 쓰는 시늉을 하게 만들고, 은밀하게 동문과 서문, 그리고 남문으로 준비한 도주 병력을 내어 보내게 했다.

자신도 태자를 끌고 동문으로 나가는 일천 병력에 의지하여 남경을 버리고 도망쳐 나왔다.

어차피 내일이면 허물어질 성벽이었다. 미련 없이 도망가서 일단은 목숨을 건져야만 했다.

"우리가 이제 싸우러 가는 건가요?"

늦은 밤에 억지로 잠에서 깨워져 마차에 몸이 실린 태자는 싸우러 나가는 줄 알고 잔뜩 들떠 있었다.

와리야는 태자의 뺨을 한 대 후려치고 싶었지만, 억지로 얼굴에 웃음을 띠우고 대답을 해 주었다.

"그렇습니다, 전하. 기백 있게 적군을 돌파하여 폐하께서 계시는 회남으로 달려갈 생각입니다."

"적장의 목을 베어서 부황 폐하께 바칠 수 있겠군요!"

태자는 칼을 휙휙 하고 휘저으면서 신이 나 있었다.

어린애가 휘두르고 있다고는 하나 날이 선 검이었다.

지근거리에 칼이 왔다 갔다 하고 있으니 와리야는 식은땀이 났다.

간신히 태자를 진정시키고 마차의 차양을 걷고 나와 보니, 이미 남경 개봉부의 성채는 등 뒤로 멀어져 가고 있었다.

남경 인근은 수림(樹林)이 없고 죄다 개간된 농경지다 보니, 이러한 야밤이 아니면 꼼짝없이 적의 정찰병에게 발각되기 좋은 환경이었다.

해가 뜨기 전까지 최대한 달아나야만 했다.

"죽을힘을 내어 달려라! 지금 살아나지 못하면 꼼짝없이 죽은 목숨이다!"

와리야는 병력을 채근했다.

일부러 기동력을 최대한 확보하기 위해 기병만으로 호위 병력을 꾸렸다.

사실상 남경에 있던 모든 기병이 지금 동문을 통해 빠져나간 호위대에 속해 있다고 보아도 좋았다.

남문과 서문으로 적을 기만하고자 함께 출발한 병력은 텅텅 빈 마차를 끌고 있는 보병들이었다.

혹여나 완안옹이 사태를 파악하더라도 이들이 시간을 끌어 주는 사이에 최대한 도망을 갈 생각이었다.

그렇게 얼마를 달렸을까.

"주변 분위기가 이상합니다!"

일부러 마을이나 성읍을 피해서 달리라고 지시해 놓은 상황이었다.

사방이 장애 없이 트여 있는 개활지에서 적병이 멀리 보이기라도 할 것 같으면 무조건 피하라고 해 놓았는데 무슨 소리인지 와리야는 전혀 감이 오지 않았다.

"무슨 말이냐?"

"이상한 소리가 들리고 있습니다."

듣고 보니 과연 그랬다.

칠흑같이 어둠이 내려앉은 농경지 저 너머에서 쇄납(嗩吶) 나팔 소리 같은 것이 들려오고 있었다.

와리야의 등줄기가 바짝 얼어붙었다.

무슨 상황인지는 모르지만 빠르게 판단을 내려야만 했다.

"소리가 들리는 반대 방향으로 내달려라! 어서!"

적병일 가능성이 높았다.

일천에 가까운 기병이 갑자기 진로를 바꾸어서 달리느라 일대 혼란이 빚어졌다.

그래도 다들 목숨 아까운 줄은 아는지 금방 대열을 지어서 남쪽을 향해 내달리기 시작했다.

쇄납 소리가 점차 멀어지자 와리야는 거칠게 뛰던 심

장이 점차 가라앉는 것을 느꼈다.

그러나 그러한 안도는 오래가지 않았다.

우레 같은 소리가 들리더니 이내 앞서 달리고 있던 기병들이 고꾸라지기 시작했다.

말이 쓰러지기도 했고, 말을 몰던 사람이 떨어지기도 했다.

이들이 가던 길 위에 쓰러지는 바람에 뒤에서 전력을 다해 달려오던 다른 기병들도 함께 무너져 내리고 있었다.

"이, 이게 무슨 일이냐?"

사방을 둘러보아도 아무것도 보이지 않았다. 저 멀리서 일렁이는 불빛들만이 적군이 자신들을 노리고 있음을 알려 줄 뿐이었다.

"흐엇!"

그때 무언가가 와리야의 귀를 스치고 지나가 마차에 무언가 틀어 박혔다.

와리야는 그것이 무엇인지 알아볼 엄두도 나지 않았다.

마차 안에서 싸움이 벌어진 줄을 알고 칼을 쥐고 사방으로 마구잡이로 휘두르고 있는 태자를 가까스로 진정시키고 안아 든 다음에 마차 밖으로 나와 보자, 이미 기병대는 거의 전멸에 가깝게 쓰러져서 초토화되어 있는 상황이었다.

어느 순간 정체 모를 공격은 멈췄지만, 이내 와리야는 횃불을 치켜 든 병사들이 다가오는 것을 보고 상황이 끝났음을 알았다.

❖　❖　❖

주인 없는 남경성은 싱겁게 무너졌다.

성벽이 허물어지자 병력을 조심스레 전개시켰는데, 성 안으로 진입하지 못하도록 막아 세우는 병력도 없었다.

성만 점령한 것이 아니었다.

예상대로 태자소보 와리야는 태자를 데리고 도망치다가, 결국 그들이 지나가기를 기다리고 있던 정민의 고려군에 의해 사로잡혔다.

천 명에 달하는 기병을 상대로 싸웠음에도 고려군의 손실은 거의 없었다.

승리의 비결은 간단했다.

태자가 도주하기 좋아 보이는 길목에다가 미리 총병을 대기시켜 놓고 있다가, 태자가 지나간다는 신호가 들리면 바로 그 방향으로 일제 사격을 실시하도록 한 것이었다.

처음에는 큰 기대를 하지 않았었다. 사실 총의 사거리 안으로 기병들이 지나갈 것이라고 장담하기도 어려웠거니와, 밤이다 보니 조준 사격은 거의 불가능한 상황이었다.

거기서 정민은 조금 꾀를 내었다.

나팔 소리를 일부러 내어서 미리 준비해 둔 타격점으로 저들을 유인하는 것이었다.

미리 사거리를 재어 두고, 정해진 방향으로 총을 쏘기만 하면 되었으므로, 시야가 확보가 되지 않는 것도 큰 문젯거리가 아니었다.

적들이 거의 기병으로만 구성되었던 것도 정민에게 유리한 상황을 조성해 주었는데, 빠른 속도로 내달리던 기병의 선봉이 무너지면서 완전히 대열이 무너져 버렸기 때문이었다.

사실상 총으로 살상한 인명은 많지 않았으나, 순식간에 기병의 대열을 무너뜨림으로써 이들을 제압하는 후속 조치는 어렵지 않게 할 수 있었다.

공황상태에 빠져서 땅바닥에 나뒹구는 기병들을 미리 준비한 병력으로 포위하고 항복을 강요한 것이었다.

"하하하. 이럴 줄 알았으면 내 태자의 목을 베어서 갈왕의 친전에 갖다 바쳤으면 될 일인데!"

완안옹의 앞으로 끌려 나온 와리야는 터무니없는 이야기를 듣고서는 순간 믿지를 못하다가, 허탈함에 주저앉아 버렸다.

완안량의 수급이 남경이 그때 당도한 것이었다.

남송군에 의해 크게 병력을 잃었음을 알리는 내용과 함께, 어서 회남으로 친정하여 사태를 수습하고 병력을 이끌어 달라는 간곡한 부탁이 함께 담겨 있었다.

완안옹은 와리야와 태자의 처분을 내리는 것도 잊고, 낭보(朗報)에 기꺼워했다.

"감축드리옵니다, 폐하!"

"선조제위가 도우시어 드디어 암군을 몰아내고 금나라를 평정하셨으니, 만대에 전승하여 내릴 대첩이옵니다."

완안옹의 편에 서서 반역의 기치를 치켜 올렸던 장수들은 앞다투어 축하의 말을 올렸다.

남경을 얻고 완안량이 죽었으니 이제 금나라 평정은 거의 끝난 것이나 다름없었다.

그러나 아직 마음을 놓기에는 일렀다.

완안량이 시작한 전쟁이었으나, 남송과의 싸움은 완안량이 죽었다고 끝난 것이 아니었다.

더군다나 회남에 묶여 있는 병력들도 어디로 튈지 단언할 수 없었다.

완안옹은 후환을 근절하기 위해, 태자와 와리야를 효수하도록 명했다.

와리야는 생각보다 덤덤하게 죽음을 받아들였다.

이미 삶의 의지를 잃은 사람이었다.

태자에 대해서는 나름의 배려를 하였는데, 약을 태워 깊게 잠이 들게 하고서 이불을 덮어 질식해 죽게 한 것이었다.

태자의 숨이 끊어진 것을 확인하고서야 목을 베었다. 철부지 어린아이가 고통스럽게 죽음을 맞이하지는 않도록 승자의 관용을 베푼 셈이었다.

"아직 천하가 모두 정리되지 않았다. 남경에서는 사흘간 승전을 즐긴 다음에 바로 회남으로 진격하도록 하겠다. 완안량의 잔병을 인수하고 남송과도 결착을 지어야 할 것이다."

완안옹의 의지는 단호했다.

완안량이 죽고 싸움에서도 연달아 패하고 있으니, 남송에서는 쉽게 화의를 봐줄 생각이 없을 터였다.

완안옹은 수급을 보내 온 완안종의와 도단정에게 칙명을 내려서 남은 병력을 잘 간수하여 회남에서 송군과 가급적 충돌하지 말고 완안옹이 당도하기를 기다리라 하였다.

"그대들도 짐을 위하여 필요한 때에 잘 싸워 주어 오늘의 승전을 마음껏 누릴 수 있게 되었다. 이제 고국으로 귀환하여도 좋다. 그러나 만약 나를 도와 회남까지 가서 힘을 보태 준다면, 그에 상응하는 은급(恩給)을 더해 줄 것이다."

완안옹으로서는 야리웅이 이끌고 온 서하의 정병들도 탐이 났고, 이번에 정민이 태자를 붙잡는 데에 사용했던 화총(火銃)도 꼭 전장에서 사용해 보고 싶었다.

번국(蕃國)의 병력을 대동하고 송나라를 압박한다면 그것만으로도 효과가 있을 것이었다.

물론 완안옹의 목적은 피해를 최소화하고 송나라와 화평을 맺어 정국을 안정시키는 것이니, 회남으로 가게 된다고 해서 목숨을 건 전투에 참여해야 할 가능성은 낮았다.

완안옹의 제안에 야리웅은 고민 끝에 귀국을 결정했다.

서하 내부의 상황이 생각보다 좋지 않은 모양이었다.

혹여 자신이 없는 사이에 나라가 흔들릴 일이 발생할까 두려워 야리웅은 한시라도 바삐 돌아갔으면 하는 마음인 것 같았다.

정민도 결정을 내려야만 했다. 수천 리 밖에 나와 있으니 지금 고려에서 무슨 일이 있는지는 알 도리가 없었다.

자신이 없는 사이에 큰일이 없었으면 하는 바람이었지만, 그것은 정민의 소망일 뿐 고려의 정적들이 이 기회를 어떻게 이용하려 할지는 모를 일이었다.

그러나 완안옹이 내어준다는 은급이 탐이 나는 것도 사실이었다.

이미 각장을 열고 금나라 내부에 상인을 보내어 무역을 할 수 있는 권한을 허락 받았지만, 좀 더 완안옹을 따라 종군해서 더 큰 포상을 얻어 낼 수 있다면 진정으로 출정을 나온 의미가 더해질 것이었다.

"초왕 임득경이 언제고 우리 황상(皇上) 폐하를 겁박하고 나라를 찬탈하려고 할지 모를 일입니다. 더 이상 지체를 할 수 없으니 함께 하지 못하고 돌아가는 것을 용서하십시오. 그래도 이번 원정으로 실전을 경험한 병력을 데리고 초왕을 토벌할 수 있게 되었으니 얻어 가는 것이 많았습니다. 더군다나 병사를 많이 잃지도 않고, 무익한 완안량의 남정에 끌려가지도 않았으니, 그날 중모에서의 회동이 나와 대하(大夏)를 살린 셈입니다."

아직 정민이 거취를 결정하지 못한 사이, 야리웅은 서하병을 이끌고 다시 귀국하기 앞서서 정민을 찾아와 감사의 말을 전했다.

정민은 야리웅과 더 많은 이야기를 나누지 못하고 보내는 것이 못내 아쉬웠으나, 국운(國運)을 걸고 한시바삐 움직여야 하는 사람을 마냥 붙잡고 있을 수는 없는 노릇이었다.

"언제 한 번 서하에도 사람을 보내어 인사드리겠습니다."

"하하. 귀국과 우리나라는 만 리나 떨어져 있는데 그것이 쉽겠습니까?"

"나는 허언은 안 합니다."

"그럼 기다리고 있지요."

야리웅은 껄껄 웃으면서, 한시를 적어 내주었다. 그는 만약 서하로 안부를 전할 날이 오게 되면 이 한시를 돌려보내라고 하였다.

渭城朝雨浥輕塵 (위성조우읍경진)
客舍青青柳色新 (객사청청유색신)
勸君更盡一杯酒 (권군갱진일배주)
西出陽關無故人 (서출양관무고인)

위성의 아침 비는 흙먼지를 적시고,
객사의 푸르디푸른 버들 빛은 새롭구나.
그대여 한잔의 술을 들기를 내 권하니
서쪽으로 나아가 양관에 가거든 벗이 없노라.

당나라 때 왕유(王維)의 시였다.

서역으로 떠나는 친우를 그리며 쓴 시였다.

지금 양관은 서하 땅에 있으니, 그곳으로 떠나가는 야리웅과 아직 남아 있는 정민을 견주어 써 준 셈이었다.

정민은 한시를 써 준 비단포를 잘 접어서 품에 넣고서 부디 야리웅이 무운장구하기를 바라며 전송을 하였다.

짧은 인연이었으나, 각기 제 나라에서 새로운 시대를 열고자 분투하고 있는 점에서 동질감이 있었다.

물론 야리웅이 제 황제를 보위하여 간적을 쳐 내려고 하는 것이라면, 정민은 임금을 위해서 싸우는 것은 아니라는 점이 달랐다.

사실 정민의 입장에서 임금만 한 적도 없었다.

여러 번의 경험으로 임금의 의심병은 좀체 수그러들 성질의 것이 아니라고 정민은 확신하게 되었다.

끝끝내 그러한 편집증적인 집착으로 주변의 신하들을 말려 죽일 임금이라면, 차라리 환부를 도려내듯 쳐 내는 것도 나쁘지 않을 터였다.

"결정을 내렸는가?"

며칠이 순식간에 지나갔다.

이제 명실상부하게 금나라 땅에서 유일한 황제인 완안웅은 병력을 이끌고 회남으로 나아갈 준비를 마친 터였다.

그는 정민을 불러서 회남으로 따라갈 것인지를 물었다. 고민 끝에 정민은 고려로 귀국하기로 결정을 내린 터였다.

"고려의 일이 근심이 되어, 허락하신다면 귀로에 오르고자 합니다."

"그거 아쉽게 되었군."

완안옹은 진심으로 아쉬운 듯했다.

정민은 완안옹이 화총을 탐내고 있다는 사실을 눈치채고 있었다. 더 머물다 보면, 어떻게든 그 총을 내어놓으라고 타령을 할 것이고, 정민으로서는 그것은 사양하고 싶은 일이었다.

"회남으로 가서서 송나라와 화의를 맺는 일에 이것이 조금이나마 도움이 될 것입니다."

비록 따라가지는 못하게 되었으나, 정민은 완안옹을 좀 더 거들어 줄 생각이었다.

다름 아니라 일전 사신행에서 주희와 맺었던 밀약을 상기한 것이었다.

그는 중모에서의 약속을 담은 서간에다가 완안옹의 뜻은 싸움에 있지 않으니 화평을 잘 주선하라는 부탁을 담아서 인장을 찍고 밀봉하여 완안옹에게 건넸다.

"흠, 짐이 모르게도 뒤에서 바쁘게 움직인 모양이로군."

"살기 위해 버둥거린 것이니 헤아려 주실 줄 믿습니다."

"그 덕을 내가 모두 보았으니 어찌 그대를 탓하겠는가?"

완안옹은 만족스러운 웃음을 지어 보였다.

얼마나 소용이 있을지는 모르지만, 송나라 측에 은밀히 댈 수 있는 연락선이 있다는 것만으로도 좋은 일이었다.

이쪽의 진의를 알려서 최대한 싸움을 크게 만들지 않고 화전(和戰)할 수 있다면 그보다 이상적인 결과는 없었다.

물론 완안량이 벌인 전쟁을 승계하여 임안을 정벌할 때까지 싸우는 방법도 있겠으나, 완안옹은 그것이 비현실적인 계획이라는 것을 잘 알고 있었다.

곧 겨울이 다가온다.

전국의 사내들을 죄 남송 정벌전에 끌고 간 탓에 올해는 농사도 제대로 하지를 못했다.

병력을 유지할 곡식도 더 대기 어려울 뿐만 아니라, 내년에는 예정된 기근을 대비해야 했다. 전쟁을 더 끌어서는 안 된다.

"짐이 일전에 약조한 사항들에 대해서는 모두 들어줄 터이니, 걱정 말고 돌아가서 고려를 그대가 뜻하는 대로 정리하도록 하라. 의뭉스러운 고려왕보다는 차라리 그대를 짐이 믿을 수 있겠지."

앞으로 고려에서 정민이 벌일 행보에 대해서 완안옹은 모두 알고 있다는 듯이 말했다.

착각인지는 모르겠지만, 완안옹이 정민을 보는 눈빛은 패왕(霸王)이 번견(番犬)을 보는 시선이 아니라, 대등한 군주끼리 주고받는 것에 가깝다는 느낌을 받았다.

앞으로 얼마나 더 성장하여 천하를 논하는 자리에까지 올라올 것이냐, 하는 물음을 완안옹은 정민에게 던지고 있는 것 같았다.

1161년의 중추절(仲秋節).

완안옹은 군대를 이끌고 회남으로 나아가고, 정민은 고려군을 이끌고 귀환의 장도(長途)에 올랐다.

2만의 병력이 일만 칠천으로 줄어 있었지만, 큰 손실 없이 전공을 쌓고 돌아가는 길이니 마음은 편안했다.

물론 싸움은 아직 끝나지 않았다.

고려로 돌아가게 되면 진짜 싸움이 기다리고 있을 터였다.

정중부와 말을 나란히 하며 북쪽으로 나아가며 정민
은 등 뒤로 멀어지는 남경 개봉부의 무너진 성벽을 뒤돌
아보았다.

황하에서 피어 오른 아침 안개가 성을 감싸고 있으니,
두보의 시 한 구절 이 떠오른다.

清秋望不極 (청추망부극)

迢遞起層陰 (초체기층음)

遠水兼天淨 (원수겸천정)

孤城隱霧深 (고성은무심)

맑은 가을날 그 망망함 끝이 없고,

멀리 구름이 쳐켜이 일어나는데,

먼 곳의 물은 하늘 마냥 맑고,

외로운 성은 안개 깊숙이 묻혔구나.

제35장
썩은 나무

개경의 궁궐은 몇 달 동안 기이한 정적에 휩싸여 있었다. 임금은 정사를 거의 돌보지 않고, 편전에 여름 내내 조관을 불러 조회를 행하지를 않았다.

그래도 별말이 나오지 않은 것은, 비도 적당히 내려서 전에 없는 풍년이 기대되는데다가, 겉으로 보이는 조정 내의 파벌 싸움도 없어 조야가 평온했기 때문이었다.

비록 수면 아래 보이지 않는 곳에서는 거센 파랑이 일고 있었으나, 그 조짐을 헤아린 사람은 많지 않았다.

7월이 되자 임금은 아예 궁을 나와 경룡재(慶龍齋)라는 암자로 거취를 옮겨 버렸다.

핑계는 몸이 좋지 않으니 정양(靜養)하겠다는 것이었다.

그는 날이 매우 더우니 산수가 좋은 곳에서 쉬다 보면 잃은 기운도 도로 되찾게 될 것이라며, 간관들의 진언을 물리치고 서른 명 가량의 신료들과 견룡군(牽龍軍)만을 이끌고 이궁(離宮)하였다.

"꿈속에서 진정 이곳이 길지(吉地)라고 분명히 들었더니, 실로 부소산 아래가 신선이 사는 곳이 아닌가."

임금은 날마다 폐행(嬖幸)하는 아첨꾼들과 더불어 술을 마시고 시를 지으며 놀았다.

으레 이렇게 보름가량을 실컷 놀고 나면 임금은 궁으로 돌아오기 마련이었는데, 이번에는 그 시일이 점차 길어졌다.

여름이 다 지나가도록 임금은 환궁하겠다는 의지가 없었고, 처결해야 할 상소는 먼지가 쌓여 가고 있었다.

그러나 임금이 이렇게 경룡재에서 놀고먹는 것은 실은 겉으로 보여 주기 위한 것일 뿐, 실상은 조금 달랐다.

밤마다 은밀히 사람들을 불러들여 술자리를 핑계로 무언가를 논하는 일이 많았다.

"대령후 이놈을 중심으로 다시 파리들이 꼬이고 있으니 짐이 밤마다 잠을 편히 이루지 못하고 있다. 지금 양계의 주요 병력은 금나라 황제의 기약 없는 전쟁에 끌려가 있고, 경군(京軍)은 짐의 뜻에 따라 움직일 것이니 지금이 절호의 호기가 아니냐?"

임금은 이미 한쪽으로 마음이 굳은 것처럼 보였다.

당초에는 앞으로 향후 국정을 자신의 입맛대로 어떻게 끌고 갈지에 대해서 큰 그림이 없었다.

때문에 정씨 가문과 대령후를 다시 혼인으로 이어 주려고 움직인 것을 알고도 가타부타 말을 하지 않았다.

그러나 정민과 대령후의 여식의 혼례가 성사될 때 정중부까지 참여한 사실을 알고서는 의심에 다시 불이 붙었다.

이대로 방치해 두었다가는 김돈중, 정서를 비롯한 권신들과 정중부를 위시한 무가(武家), 그리고 임 태후와 연결된 문반들까지 결탁하여 자신을 몰아낼지도 모른다는 망상이 일어나고 있었던 것이다.

임금의 편집증적 성격은 일전 화살을 맞을 뻔한 사건 이후로 극도로 심각해져서, 누가 자신을 해하려 하지 않는가 하며 늘 눈을 번득이고 있던 것이다.

이러한 이유 때문에 임금은 일부러 도성을 떠나서 개경 서남쪽 50리 바깥의 부소산 중턱에 자리한 경룡재로 거둥한 것이었다.

혹여 도성에 참변이 있다고 이곳에 바로 그 화가 닿지 않을 터이니 바로 배를 띄워 도망을 치면 될 일이고, 그렇지 않다고 하면 도성에서 반나절 남짓한 거리에 불과하니 얼마든지 도성의 일에 간여할 수 있었다.

단순히 절경(絶境)을 즐기고자 하는 것이라면 도성에서 멀리 떨어진 수려한 산간(山間)으로 행차할 수도 있겠으나 단순히 그것이 목적은 아닌 셈이었다.

"지금 김돈중, 정서, 대령후 모두 개경성 내에서 안락하게 지내고 있으니, 전혀 근심 걱정이 없사옵니다. 불순한 움직임을 트집 잡아서 경군을 움직여 들이치면 저들이 어찌 저항하겠습니까?"

임금의 말을 옆에서 거드는 것은 왕광취였다.

그는 최포칭 사건 이후로 임금이 정치적으로 제약되면서 덩달아 자신의 입지도 줄어들었다고 이를 갈고 있었다.

당연히 임금 못지않게 정서나 김돈중을 몰아내고 싶어 하는 생각이 가득했다.

"그리 쉽게 단언할 것은 아닙니다. 최포칭 공이 폐하의 마음을 헤아려 저들을 몰아내고자 계책하였으나, 도리어 누명을 쓰고 목숨이 달아나게 된 것을 기억하셔야만 합니다. 지금 가만히 있는 것처럼 보여도, 지금 상황이 불안하여 전전긍긍하고 있을 수도 있습니다. 궁지에 몰린 개는 주인도 물어뜯는 법이지요. 폐하께서는 부디 숙고하시옵소서."

정함이 죽은 뒤 합문지후(閤門祗候)가 된 배진(裵晉)이 거들었다.

배진은 전대의 문신 배경성(裵景誠)의 아들로, 최근 들어서 부쩍 임금의 환심을 사고 있는 신료였다.

그 형제 배연(裵衍) 또한 내시로서 임금을 호종하고 있으니, 형제가 임금의 어여쁨을 두둑히 받고 있었다.

그러나 방금의 말은 임금의 귀에 그다지 달게 들리지 않았다.

결론은 혹여 저들이 적반하장으로 임금을 노리고 나올 수 있으니 궁지에 몰지 말고 달래라는 이야기로밖에 들리지 않았던 것이다.

임금은 계속해서 정서 패거리의 눈치를 보아야 한다고 생각하니 몸서리가 날 지경이었다.

"그만되었다. 그러나 짐이 아무리 생각해 보아도 지금이 아니라면 기회가 없을 것 같다."

"명분을 어찌 세우실 생각이십니까?"

"흔(昕)이 있지 않느냐?"

임금은 지금 유시(流矢, 빗나간 화살)사건에서 모반에 연루된 혐의를 받고 작위가 모조리 박탈되어 왕제(王弟)의 신분도 잃은 채 강제로 출가된 익양공 왕흔을 언급하고 있었다.

"그를 어찌하실 요량이십니까?"

배진의 물음에 임금은 껄껄 웃으면서 안광을 번득였다.

"어찌하긴. 정서나 김돈중이가 또 왕흔을 부추겨서 나라를 뒤엎으려 하였다고 몰아붙여야지. 흔이 직접 이를 증언하면 될 것이다. 그 대신 풀어 줘서 도성에 나와 살게 해 주겠다고 하면 얼마든지 응할 것이다."

"탁월한 계책이십니다, 폐하."

임금의 어깨를 주무르고 있던 환관 백선연이 간교한 웃음을 지으면서 거들었다.

뜻대로 잘 풀릴지는 아무도 모르는 일이다.

그러나 다들 무어라 대꾸를 하지 못하고 있었다.

잘만 된다면 임금은 잠재적인 정적들을 모두 제거하고 거의 전제에 가까운 왕권을 휘두르게 될 것이었다.

그러나 만약 그렇지 않다면?

왕광취나 배진이나 그러한 물음이 머릿속에 떠올랐지만 입 밖으로 내뱉지는 않았다. 어차피 임금의 곁에서 한 배를 탄 처지였다.

"흔이 머무르고 있는 절간으로 사람을 보내어 은밀히 압송해 오도록 해라. 짐이 그놈을 직접 설득할 것이다."

임금은 이제 마음을 굳힌 모양이었다. 그렇게 다시 고려에 암운을 드리우게 될 사건 하나가 기획되고 있었다.

❖　　❖　　❖

7월 18일 늦은 밤. 정서는 자택에 찾아온 무장 하나와 앉아서 은밀하게 이야기를 나누고 있었다.

무장은 무언가를 정서에게 일러 주면서, 조바심이 나는지 안절부절 못하고 있었다.

"이게 정말인가?"

"거짓을 고하여 무엇하겠습니까? 혹여 모르니 가솔을

미리 피해 두게 하시고 혹여 모를 변란을 대비하시는 것이 좋겠습니다."

"그렇단 말이지……."

정서가 들은 이야기는 바로 이의민으로부터 나온 것이었다.

임금의 특별한 총애를 받아 견룡군 중랑장까지 오른 이의민이었다.

그러나 그가 은밀하게 동래 정씨와 끈이 닿아 있다는 사실을 아는 자는 거의 없었다.

임금조차도 그의 충정을 믿어 의심치 않았다.

때문에 왕흔을 잡아다가 경룡재로 끌고 오는 임무를 그에게 맡겼던 것이다.

그러나 일이 돌아가는 것이 심상치 않다고 느낀 이의민은 휘하 견룡군 산원 이고(李高)를 정서에게 보내 온 것이다.

이의민이 견룡군에서 입지를 다질 때에 일찌감치 그의 아래에 붙어서 이제 막 산원(散員)에 오른 이고는 자신이 매우 위험한 일에 연루되었을지 모른다는 생각에 입이 버쩍버쩍 마르고 있었다.

그러나 그의 마음속에는 야망이 꿈틀거리고 있어서,

이번 일이 잘 풀릴 경우 평생 산원 이상으로는 올라가지 못할 벼슬길도 활짝 열릴 것이라는 기대가 있었다.

때문에 이의민이 전하라고 한 말 이상으로 자신이 아는 바를 자세하게 정서에게 읊어 주었다.

"아마 왕흔을 불러다가 또 모반 사건을 하나 꾸미려는 기색이란 말이지."

"그렇습니다. 임금이 경룡재에서 정확히 무엇을 획책하는지는 알 도리가 없으나, 무언가 왕흔을 통해서 정국을 뒤흔들 일을 준비하는 것은 확실합니다. 임금이 보낸 편지를 받아 들고, 왕흔은 꽤나 놀라운 기색을 보이면서 생각보다 밝은 얼굴로 압송에 응하였습니다."

직접 그곳에 따라갔다 온 이고였다.

자기 눈으로 똑똑히 보았으니 확신이 있었다.

반역 사건에 휘말려 폐족(廢族)되어 죽을 날만 기다리고 있던 왕흔이었다.

그런 그가 순순히 임금의 부름에 응하여 경룡재로 향했다는 것은 분명히 심상치 않은 징후였다.

'분명히 임금의 꿍꿍이는 대령후 합하와 나를 겨냥한 것임에 틀림없다. 어쩌면 김돈중까지도 노리고 있겠지. 무엇이 되더라도 국정을 뒤엎어서 또 제멋대로 전횡하

려는 수작이다.'

임금에 대한 충성심이라고는 이제는 한 톨 만큼도 남아 있지 않은 정서였다.

섬겨야 할 임금이라기보다는 언젠가는 결판을 보아야 할 커다란 정적에 가까웠다.

그것은 임금도 마찬가지일 것이라고 정서는 생각했다.

임금의 의심증은 주변의 왕족들과 권문세족들을 다쳐 낼 때까지 사그라지지 않을 성질의 것이었다.

언젠가는 자신을 향해서 다시 겨누어질 칼날.

그리고 어쩌면 정민과 정중부를 금나라로 보내 놓은 지금이 그 시기가 될 수 있을지도 모른다고 생각했다.

그런 정서의 우려를 오늘 이의민이 보내 온 정보가 확인시켜 준 셈이었다.

"고맙네. 애를 써 주었으니 사양치 말고 받아 두게. 내가 보이는 작은 성의일세."

정서는 패물함에서 작은 금덩어리 하나를 꺼내어 이고의 손에 쥐어 주었다.

이고로서는 평생 만져 보지 못한 귀물이었다.

그는 넙죽 엎드려서 감사한다고 연거푸 말했다.

"이 중랑장에게도 앞으로 혹여 동태가 수상하면 꼭

전해 달라고 해 주게. 주변의 의심을 살 정도로 과하게 움직이지 말고, 기회가 닿을 때만 알려 주어도 충분하네. 이쪽은 이쪽 나름대로 일을 준비하고 있을 터이니."

"알겠사옵니다."

"아, 견룡군 내에서는 이 중랑장의 평판이 어떠한가?"

정서는 이고를 보내려다 말고, 잠시 붙잡고 궁금하던 바를 물어보았다.

"팔 할은 이 중랑장에 감복하여 따르는 사람이라 보아도 무방합니다. 나머지는 산원 이의방(李義方)을 비롯하여 이에 호의적이지 않은 무리가 있기는 합니다만……."

"요컨대, 무슨 일이 벌어진다면 이의민의 명을 쫓을 사람들이 태반이란 말이겠지?"

"그렇사옵니다."

"고맙네. 덕분에 많은 도움이 되었네."

정서의 얼굴이 조금 밝아졌다.

그로서는 임금의 바로 곁에 비수를 하나 꽂아 둔 셈이니 마음이 든든하지 않을 리 없었다.

천천히 몇 년에 걸쳐 준비해 온 것들이 하나씩 빛을

보기 시작하고 있었다.

❖　❖　❖

정서는 이고가 다녀간 날부터, 사병 200여 명을 개
경으로 나누어서 들어오게 하고, 오저군으로부터 화약
과 화총도 받아서 집안에 재어 놓았다.

그리고 김돈중, 최유청 등에게 연통을 보내어 혹여
정세가 심상찮으니 사병들을 무장시키고 대외적으로 움
직이지 말라고 언급을 주었다.

혹여 모를 일이니 대령후저에도 사람을 보내어 두고,
혹시 모를 사태에 왕연을 비롯하여 집안의 가솔들을 바
로 대피시킬 수 있도록 아녀자들은 벽란도의 하두강에
게로 보내 두었다.

"지금쯤이면 아마 경룡재에서는 왕흔과 임금 사이의
밀담이 끝났을 것이다. 언제 이 패를 꺼내 들지, 그 방
법이 어떠할지 알 수 없으나 지금 당장 일이 터지더라도
바로 대응이 가능하게 준비를 철저히 해 두는 수밖에 없
을 것이다."

정서는 오저군에게 단단히 준비를 하라 일러 두었다.

정서는 거기서 멈추지 않고, 일부러 어느 정도는 수상한 움직임을 임금이 알 수 있도록 하였다. 임금이 일을 터뜨리려고 할 때 빌미를 주기 위해서였다.

이러한 일은 완급 조절이 필수였다.

지나치게 의심하게 해서 임금이 지나치게 많은 공을 들이게 해서는 안 된다.

그렇다고 해서 안심을 하고 어설프게 일을 도모하게 해서도 안 될 일이니, 정서로서는 최적의 해를 얻기 위해서 고심을 거듭해야만 했다.

'명분을 저쪽에 주어서는 안 된다. 이쪽에 정당한 이유가 있어야만 기존에 포섭해 둔 자들을 모두 우리 편에 가담하게 할 수 있다. 그러니 임금이 갑작스럽게 무리해서 일을 도모한다는 인상을 확실히 주어야 한다.'

쉬운 일은 아니었다.

그래서 일부러 왕연을 비롯한 가솔들을 벽란도로 보내는 것을 은근슬쩍 알게 하였다.

만약 일이 터지면 그쪽으로도 임금이 사람을 보내어 치게 할 수 있으니 위험성이 있는 계획이었다.

그러나 핵심적으로 총포 따위를 반입해서 개경에 들여놓는 것은 철저히 숨기면서도, 이쪽에서 무슨 위기를 느끼고 사람을 피하게 하고 있다는 인상을 주어야만 했다.

혹여 사달이 나서는 안 될 일이니 하두강에게 단단히 부탁을 해 두기는 했다.

위험한 상황이 될 것 같으면 지체 없이 준비해 둔 배에 사람을 태워서 동래로 향하라는 것이었다.

"아들놈도 그렇고, 정중부도 그렇고. 지금 여기에 있으면 좋을 터인데⋯⋯."

다행인지 불행인지, 임금은 조금 더 시간을 끌고 있었다.

경군의 움직임이 수상하다는 소문이 정서의 귀에도 들려왔다.

못내 불안한지 김돈중이 변복을 하고 찾아와 일이 어떻게 돌아가는지 묻기도 했다.

정서는 김돈중을 잘 타일러서 돌려보냈다. 아직은 나설 때가 아니라는 것이었다.

그렇게 8월도 지나가고, 중추절(仲秋節)도 지나갔다.

예년 같으면 중추절에는 임금이 조회를 모아서 백관들을 치하하고, 백성들에게도 쌀과 고기를 내리는 것이 일반적이었으나, 올해는 임금이 경룡재에서 아직도 꿈

짝하지 않고 있었다.

듣자하니 왕흔은 경룡재에 들어가서 아직 나오고 있지 않다고 했다.

이고를 통해서 이의민이 다시 은밀히 소식들을 전해 주지 않았다면 정서는 불안한 마음을 감추기 어려웠을 것이다.

사실 더욱 답답한 것은 금나라에 파병된 정민과 정중부의 소식을 알 수 없다는 사실이었다.

금나라의 전황이 어찌 돌아가는지 짐작을 할 수 없으니, 그 생사도 모르는 노릇이거니와, 만약 정민이 지휘권을 장악하지 못했다면 이공승이 이끄는 2만의 병사가 근왕군(勤王軍)으로 돌변할 수 있다는 것도 잠재적인 불안 요소였다.

그러나 이러한 기묘한 대치 상태는 오래 가지 않았다. 9월 초하루에 결국 불이 붙고만 것이었다.

"짐의 동생 왕흔이 자신을 다시 부추겨 짐을 폐하고 자신을 보위에 앉히겠다, 정서와 김돈중 등이 추동한 사실을 알려 왔도다. 여기에 증거가 있으니 죄인들을 잡아서 국문토록 하라!"

임금은 9월 초하루 밤, 휘하에 장수들과 폐행들을 불

러 모아서 명령을 내렸다.

임금의 옆에선 왕흔은 아직 승복을 입고 있었으나, 얼굴에는 혈기가 돌고 있었다.

복권을 약속 받았으니 우선 좋은 일이거니와, 둘째로 자신을 몰아낼 때 앞장서서 공격을 했던 김돈중과 정서에게 복수를 할 수 있다고 생각이 되니 더욱 기꺼웠다.

때문에 그는 형에 대한 불만을 모두 묻어 두고 전적으로 협조할 수 있었다.

이대로 산사(山寺)에서 여생을 썩히느니 차라리 형의 모략에 참여하여 다시 재기하고 싶다는 소망이었다.

"지, 진실로 그러하옵니까?"

"내가 머무는 암자로 김돈중과 정서가 보낸 자가 찾아와서 반역을 부추겼소. 나는 이에 놀라서 폐하께 목이 베일 각오로 달려와 고해 바쳤소이다. 다행히도 자비로 우신 형님 폐하께서는 이 죄인의 무도함을 모두 용서하시고, 옆에서 폐하를 보좌하라 하셨으니 이 어찌 천세 만세에 감읍(感泣)하지 않을 일이오?"

이 일이 돌아가는 내용을 전혀 모르고 있다가, 임금의 부름에 갑작스레 경룡재로 불려온 중서시랑 평자사 판사성서이부사(中書侍郎平章事判尙書吏部事) 허홍재

(許洪才)와 같은 이들은 놀라서 기함을 토했다.

또 하나의 모반 사건이 개경을 휘몰아칠 것을 생각하니 몸에 오한이 들 지경이었다.

두려워서 물어보는 그들의 물음에 왕흔은 눈 하나 깜짝하지 않고 거짓을 읊어 주었다.

"허어, 이런……."

문신들의 눈 밑에 그늘이 졌다.

요 몇 년간은 정국이 여러 번 요동치는 바람에 일신의 안전을 도모하는 것이 얼마나 어려운지 늘 체감하고 있다.

그러나 감히 임금의 비위를 거스를 수는 없으니 그러한 칼날이 자신을 비껴가기를 바라는 수밖에 없었다.

"죄인들을 벌하소서!"

"대역 죄인들을 잡아다 그 죄상을 낱낱이 밝히고 효수하소서!"

지금 임금이 자신들에게 원하는 것이 무엇인지는 분명했다.

신료들은 엎드려서 김돈중과 정서 등에게 죄를 주라고 주청하고 있었다.

다만 간관 문극겸만이 확실한 증거가 없는 상황에서

성급하게 이들을 잡아들이는 것은 옳지 않다고 간언을 할 뿐이었다.

"폐하께옵서는 만약 김돈중과 정서에게 죄가 있다고 생각하셨다면, 오늘 경룡재로 불러들여서 백관들이 보는 앞에서 그 죄의 증좌를 낱낱이 밝히고 그 죄를 물으셨어야 하옵니다. 그런데 조정 신료들 가운데 절반도 안 되는 이들만을 은밀히 불러들여 경군을 움직여 나머지를 역적으로 몰아 잡아들이려 하는 것은 옳지 않나이다."

문극겸의 말에 임금의 표정이 급격히 굳었다.

"지금 짐과 짐의 아우가 하는 말이 증좌가 되지 않는다고 주장하고자 하는 것이냐?"

날이 선 임금의 물음에도 불구하고 문극겸은 주장을 굽히지 않았다.

"다만 일에는 지켜야 할 절차가 있다는 것을 말씀 드리는 것일 뿐이옵니다. 폐하."

"시끄럽다. 다른 관헌들도 문극겸과 같이 생각하느냐?"

임금의 물음에 좌중은 조용하다. 시립하여 서 있던 왕광취가 분위기를 잡기 시작했다.

"천부당만부당 하옵니다, 폐하. 충정심 있는 신하라면 어찌 대역 죄인들을 변호하겠나이까. 모든 것이 폐하의 뜻에 따라 이루어질 것이나이다."

"그렇사옵나이다, 폐하."

"뜻대로 조처하소서."

왕광취의 말에 백관들이 몸을 숙이며 김돈중과 정서를 잡아 죄를 주라 청했다.

감히 여기서 토를 다려는 자는 아무도 없었다.

그들은 속으로 내심 임금이 자신들을 택하여 경룡재로 불러들여 주었다는 것에 안도하고 있었다.

얼핏 보아도 조정의 주요 신료들 가운데 부름을 받지 못한 이들이 적어도 삼분의 일은 되어 보였다.

이들은 잠정적으로 김돈중, 정서의 무리로 지목받아 임금에 의해 제거될 것이다.

최유청과 같은 누구나 아는 정서의 인척이 되는 사람뿐만 아니라, 한문준(韓文俊), 김보당(金甫當), 최윤의(崔允儀) 등 정서와는 별로 연이 없음에도 평소에 임금으로부터 그다지 신임을 받지 못하고 입바른 소리 하던 사람들이 모두 경룡재에 불려 오지 못했다.

예외라면 문극겸 정도일 터인데, 사람들은 항상 목을

씻어 놓고 바른 소리만 하는 문극겸이 왜 불려 왔는지
정도는 잘 알고 있었다.

임금은 자신이 반대하는 자는 모두 제거하려 든다는
오명을 피하기 위해 예외삼아 문극겸만을 살려 두려는
것이었다.

"옳지 않사옵니다!"

문극겸이라고 그런 사실을 모를 리 없었다. 그래서
더더욱 막아야만 했다.

문극겸은 그래도 아직까지 임금에 대한 충의를 잃지
않았다.

올바른 왕도로 임금이 나아가도록 간언하는 충신들이
많다면 임금도 실정하지 않을 것이라는 신념이 있었다.

그러나 이제 문극겸의 그러한 신념은 강하게 도전 받
고 있었다.

"그 못난 입을 다물라! 견룡군은 저자를 잠시 가두어
두도록 하라!"

임금의 표정이 다시 굳어 버리자, 옆에서 백선연이
삿대질을 하면서 문극겸에게 역정을 냈다.

일개 환관이 조정의 간관에게 할 수 없는 행동이었다.

그러나 아무도 그것을 지적하는 사람이 없었다.

'끝났군.'

그 모양을 지켜보던 이고는 혀를 끌끌 찼다.

임금은 백관들에게 위압감을 주기 위해 경룡재를 견룡군으로 단단히 둘러싸고 있었다.

언제고 이들의 손에 목이 베일 수 있다는 압박감을 주기 위해서였다.

이고도 견룡군 산원으로서 병사들과 함께 이 우스꽝스러운 광경을 날것 그대로 지켜보고 있었다.

이고는 오히려 오늘까지 내심 속에 있었던 두려움이 씻겨 나가는 기분이었다.

임금이 가장 믿고 있는 무력인 견룡군 내에서 임금에 대한 충심은 이반 된 지 오래였다.

이미 알음알음 무슨 일이 벌어질 경우에 서로 의견을 달리하지 않고 이의민을 중심으로 명을 따르기로 한 견룡군 병사들이 족히 삼분의 이는 되었다.

"견룡군은 어가를 호위하여 개경으로 진군한다. 그동안 도성에 남아 있는 경군에게 명하여 죄인들을 모두 잡아들이도록 하여라!"

임금의 명령이 떨어지자, 견룡군은 바쁘게 진열을 가다듬고 어가를 준비하기 시작했다.

이고는 짧게 이의민과 시선을 교환하였다.

임금의 바로 곁에서 호위를 하고 있는 중랑장 이의민의 표정에는 잠시 교활한 눈빛이 떠올랐다가 금방 사라졌다.

❖　　❖　　❖

임금이 은밀하게 신료들 가운데 선택된 일부만을 경룡재로 불러들이고 있다는 말을 들은 정서는 때가 왔음을 직감했다.

그는 미리 준비된 대로 연통을 넣어서 우승선 김돈중과 그 동생 김돈시를 비롯해, 최유청, 이작승, 김이영 등 자신과 밀접한 관계에 있는 자들, 그리고 예부낭중 김정명, 정중부의 아들 정균(鄭筠) 등을 모두 개경을 중심을 관통하는 남대가의 동쪽에 위치한 동부 흥인방(興仁坊) 일대로 모았다.

이곳은 언제든지 도성의 동문인 흥인문(興仁門)을 통해 빠져나가기가 유리한 곳인데다가, 근방에 정서의 자택, 대령후저 등의 가택이 자리하고 있었다.

이곳을 중심으로 일단 방어진을 친 셈이었다.

왕도의아침

아직까지 누가 임금의 부름을 받았고 그러지 않은지 가려낼 수 없으므로, 정서는 일단 무리해서 다른 문신들에게 까지 연통을 넣지는 않았다.

그리고는 미리 준비해 둔 대로 사병들을 몰래 전개시켜서 동부로 진입하는 길목에 있는 선지교(善地橋)와 낙타교(駱駝橋)를 틀어막았다.

선지교는 정민이 고려에 오기 전, 역사에서 정몽주가 피살당한 뒤 대가 피어났다고 하여 선죽교(善竹橋)로 이름이 고쳐진 바로 그 다리요, 낙타교는 태조 왕건이 거란이 보낸 낙타들을 이 다리 아래에 매어 놓고 굶겨 죽였다고 해서 이름이 붙은 다리였다.

이 두 다리 아래로 개경 성 동쪽으로 흘러 나가는 사천에 합류하는 개울이 지나가는데, 그 위에 놓인 다리가 이 두 개 이므로 이 다리로 혹여나 군사가 넘어오지 못하도록 총병을 배치하고, 개울가를 따라서는 정서와 손을 잡은 사람들의 가병을 모두 긁어모아 배치하였다.

이런 움직임이 개경 성내에 소문이 나지 않을 리 없었다.

그러나 정서가 저항에 부딪히지 않고 임금이 보낸 군대가 들이닥치기 전에 개경 동부를 틀어쥘 수 있었던 이유는 생각보다 간단했다.

고려의 도읍 방비를 맡은 경군(京軍)은 중국의 제도를 모방하여 2군 6위로 편성이 되었고, 편제상 그 병력은 4만 5천이었다.

그러나 고려 조정은 이 병력을 상시 유지를 하지 않았다.

송나라 사신 서긍(徐兢)이 개경을 둘러보고 전한 바와 같이 개경 성내에는 병사가 상주하는 둔영(屯營)이 없었다.

다만 북문 아래에 경군의 사무를 보는 관아만이 있었을 뿐인데, 고려 조정의 재정 형편 상 상시로 4만이 넘는 병력을 유지하면서 개경에 주둔시키기에는 부담이 지나쳤기 때문이었다.

실제로 견룡군, 응양군 같은 임금의 근접 호위를 맡는 2군을 제외하고 편제상의 실질 주력은 6위였는데, 이 가운데 좌우위(左右衛), 신호위(神虎衛), 흥위위(興威衛)의 3위가 3만 2천으로 경군 병력의 대부분을 차지하고 있었다.

그런데 이 3위에는 보승(保勝)과 정용(精勇)이라는 병과가 소속되게 되어 있는데, 이것은 유사시에 여러 주

왕후의야침

현으로부터 병사를 뽑아 올려 편제되는 번상군(番上軍)이었다.

따라서 실질상으로 개경에 늘 주둔하고 있는 것은 2군의 병력 각각 1천을 제외하고는, 도성 방비를 맡은 금오위(金吾衛) 병력 가운데 번상군이 아닌 1천, 의장대의 성격을 지니고 있는 천우위(千牛衛) 2천, 그리고 도성의 성문을 감독하는 감문위(監門衛) 1천으로 도합 4천 가량이었다.

천우위의 경우 늘 숫자가 오락가락하며 제대로 편제되어 있지를 않고, 실질상 평상시의 도성 방비는 금오위와 감문위의 2천 병력이 맡고 있는 것이었다.

이런 사정 때문에 임금도 견룡군과 응양군의 병력 2천 만으로도 개경을 완전히 제압하고 정적들을 잡아들일 수 있을 것이라 기대한 것이었다.

견룡군은 외부에서 어가를 호위하여 진입하고, 응양군은 내응(內應)하여 주면 충분하다고 본 것이다.

정서나 김돈중 등의 사병이 숫자가 썩 많았으나, 잘 훈련된 2군 병력 2천과 도성 내의 금오위 감문위 등의 병력을 도합하면 4천 가량이 나오는데, 이 숫자로 제압하지 못한다는 것은 어불성설인 셈이었다.

그러나 정서는 그것을 역으로 이용하고자 했다.

한발 앞서서 진을 치고 경군이 개경으로 돌아오기를 기다리고 있는 것이었다.

선지교 낙타교만 틀어막은 것이 아니라, 정서는 일찌 감치 개경의 동문인 홍인문 일대에서 경계를 서는 감문 위 하번(下番) 병력 백여 명을 제압해 둔 상태였다. 일이 틀어진다면 언제든 홍인문의 성문을 열고 도망칠 수 있는 퇴로도 확보해 둔 셈이었다.

때문에 임금이 견룡군과 백관들을 거느리고 개경으로 진격하기 시작했을 무렵에는, 이미 개경 내부에서 복잡한 대치가 시작된 상황이었다.

임금이 경룡재로 떠나가 있는 동안 비어 있는 궁성을 지키고 있던 응양군은 도성의 분위기가 심상치 않음을 파악했다.

반역도들을 제압하기 위해 임금이 직접 친정하여 도성에 들어올 것이니 미리 움직여서 아직 개경에 머물고 있는 모든 관료들을 잡아들이라는 칙명을 받아들였을 때는 이미 정서가 동부를 점거하고 농성으로 들어간 상황이었다.

응양군은 부랴부랴 금오위와 협력하여 도성 내의 관

료들을 추포하기 시작하였으나, 이미 비어 있는 집도 상당수였고, 진입을 차단해 버린 동부 쪽으로는 들어갈 수도 없었다.

그렇다고 임금의 명령이 없는 상황에서 섣부르게 공격해 싸울 수도 없으니 그야말로 답답한 노릇이었다.

"만약 임금이 우리를 노리는 것이 아니었다면, 꼼짝 없이 반역이 되는 것인데 그리 되면 어찌 되는 것이오?"

김돈중은 선지교 방향으로 정서 및 대령후와 함께 나아와서 땅거미가 짙게 내린 건너편을 바라보며 말했다.

정서는 웃으면서 김돈중의 걱정을 일축했다.

"임금은 이미 최포칭 사건 이후로 우리를 쳐 내고자 마음을 먹었을 것입니다. 전 익양공 왕흔이 경룡재로 불려 가고, 갑자기 우리를 제외한 백관을 모두 경룡재로 불러 모았소이다. 그러더니 이제는 도성으로 행군해서 오고 있다고 하니 달리 해석할 여지가 있습니까? 아까 우승선께서도 듣지 않으셨소? 응양군이 역도를 추포하라고 외치고 다니는 것을."

"이거 참 곤란하게 된 일이오. 이왕 일이 이렇게 되었으니 반드시 실패해서는 아니 될 것인데."

"기우(杞憂)올시다."

정서는 이번 싸움에서 이길 수 있다는 확신이 들었다.

혹여 이런 일이 있을까 대비해서 은밀히 준비를 마쳐 놓은 상황이었다.

임금도 나름대로 갑작스럽게 들이닥쳐 경황이 없는 자신들을 몰아치려고 했을 테지만, 정서는 그렇게 녹록한 사람이 아니었다.

"결국 이리 되는 것인가."

김돈중만큼 심경이 복잡하기는 대령후도 마찬가지였다. 그는 저도 모르게 침음을 흘렸다.

"이번 밤이 지나가면 보위에 오르시게 될 것입니다."

"……실패해서는 아니 되오."

정서의 말에 대령후는 씁쓸한 표정으로 대꾸했다.

가급적이면 임금과 척을 지지 않고 조용히 살아가려고 했다.

그런데 임금의 의심병은 그치지를 않았고 기어이 이런 사태를 강요하고 말았다.

이 정도의 충돌이 있고 난 다음에, 이쪽 편이 이기게 된다면 어떻게 왕위를 임금이 유지할 수 있단 말인가.

정서나 김돈중이 보좌에 오를 것이 아니고서야 왕씨

가문의 적통이 보위에 앉아야만 한다.

그렇다면 결과적으로 대령후 왕경, 자신밖에 대안이 없는 셈이었다.

썩 내키는 일은 아니었으나, 왕경은 마음을 가다듬었다.

"저편에서 병력이 몰려오고 있습니다! 명을 내려 주십시오!"

선지교에 버티고 서 있던 사병 하나가 선지교로 이어지는 골목에서 무리지어 나타나고 있는 병력을 보고서는 외쳤다. 그의 말이 채 끝나기도 전에 화살이 날아오기 시작했다.

"역도들은 검을 내리고 순순히 항복하라!"

응양군의 지휘관으로 보이는 자가 외쳤다. 그러나 이쪽에서는 그 말에 응해 줄 이유가 없었다. 정서는 미간을 살짝 찌푸리며 적들이 선지교 가까이 나아오기를 기다렸다가 지시를 내렸다.

"발포하라!"

이내 150의 총병이 화승에 불을 댕겼다. 치지직거리는 소리와 함께 짙은 연기가 피어오르는 것을 보고 선지교를 돌파하려던 응양군 병사들이 당황하기 시작했다.

무슨 일인가 영문을 살피는 것도 잠시, 이내 우레 같은 소리와 함께 총알이 쏘아져 나가기 시작했다.

"다, 당황하지 말고 뒤로 물러서서 활을 쏘아라!"

지휘관은 선지교에 다다른 병력이 갑자기 다리에서 쓰러져 떨어지자 다급하게 소리쳤다. 그러나 그것도 잠시, 뒤에서 대기하고 있던 총병의 2열이 기다렸다는 듯이 총알을 쏟아붓기 시작했다.

개경의 시가전은 그렇게 총성과 함께 1161년 9월 1일의 늦은 밤에 시작되었다.

❖　　❖　　❖

"나무아비타불, 나무아비타불 관세음보살……."

황궁의 한쪽, 작은 불당 안에서 늙은 여인 하나가 눈을 감고 앉아서 중얼거리고 있었다.

그녀는 독송(讀訟)을 하다 말고 한 번씩 짙은 한숨을 내시고 있었다.

그녀를 섬기는 시녀들이 몸을 피하라 채근하고 있으나 못 들은 척 그녀는 가만히 앉아 있을 뿐이다.

"어서 피하셔야 하옵니다, 태후 폐하."

"개경 성내가 소란스럽습니다."

듣지 않은 척 독송을 하고 있음에도, 계속해서 그녀를 독촉하는 시종들의 말에 이내 임 태후는 자리에서 일어나 카랑카랑한 목소리로 말했다.

"도대체 내가 이 궐을 나가서 어디로 도망간단 말이냐? 그리고, 지금 외적이 침입하기라도 했단 말이냐? 도대체 무슨 영문에 도성이 시끄러운 줄은 모르겠으나, 나와는 상관없는 일이다. 경거망동하지 말고 가만히 밖에서 기다리도록 하여라."

그렇게 말하고서 임 태후는 불당의 문을 닫아 걸어 버렸다.

마치 이 문을 경계로 사바 세계와 부처의 정토(淨土) 사이에 경계라도 지은 마냥, 임 태후는 밖에서 들려오는 소음을 잊고 최대한 평정을 찾으려 애쓰고 있었다.

"아미타불……. 결국 이리 되는 것인가."

누구 하나 그녀에게 지금 돌아가는 상황을 자세히 고해 바치는 사람이 없었지만, 임 태후는 일이 어떻게 된 것인지 헤아려 볼 혜안 정도는 있었다.

그녀는 임금이 제발 형제들에 대한 의심을 버리고 국사에 전념해 주기만을 이 불당에서 기원하고 또 기원했다.

그런데 임금의 상태는 갈수록 나빠져 가고 있었다.

대령후를 쳐 내고 귀양을 보내더니, 이다음에는 익양공을 반역 죄인으로 몰아서 머리를 깎여 출가시키고 말았다.

대령후는 복권되었으나, 이제는 다시 의심의 화살을 대령후에게로 돌리기 시작하고 있었다.

이러다가 언제고 누군가는 목숨을 잃게 될까 임 태후는 두려웠다.

모두가 하나같이 제 배에서 나온 자식들이었다.

골육 간에 상쟁(相爭)을 하는 것은 그녀로서는 정말로 바라지 않는 일이었다.

그런데 임금은 끝끝내 동생을 끌어안지 못하고 사달을 내고 싶었던 모양이었다.

그렇지 않고서야 지금 개경성 내가 이리 시끄러울 리가 있는가.

"다 이 못난 어미의 부덕 탓이오."

염주를 쥔 그녀의 손이 파르르 떨렸다.

지금의 소란이 어떻게 끝나든, 그녀는 자식들 가운데 하나를 잃게 될 것이었다.

그녀가 대령후 경을 특별히 어여뻐하기는 하였으나,

그것은 그 아이가 총명하고 기품이 있어서 그런 것일
뿐, 다른 자녀들을 괄시한 것은 아니었다.

그러나 큰아이, 이 고려의 임금은, 끊임없이 그것을
태후의 친정인 임씨가 대령후를 밀어 주어서 고려의 권
좌에 올리려 한다는 의심을 했었다.

그래서 외가인 임씨 가문과 점점 거리를 벌리면서,
주변에 환관과 아첨하는 폐행(嬖幸)들로 벽을 치고 어
미에게 문안을 찾아오지도 않았다.

어느 순간 태후와 임금 사이에는 모자의 정보다는 정
적으로서의 날카로운 대립이 자라나고 있었다.

그것은 임 태후 자신이 절대로 바라던 일이 아니었다.

어떤 어미가 자기 새끼가 미워서 서로 다투고 싶어
하나 말인가.

그녀가 바라는 것은 오로지 장남인 임금이 동생들을
핍박하지 않는 것뿐이었다.

그러나 결국 일은 이리 되고야만 모양이었다.

"태후 폐하. 응양군 중랑장 채인(蔡仁)이옵니다. 안
전한 곳으로 뫼시고자 이리 무례를 무릅쓰고 찾아왔사
옵니다. 어서 나오셔서 어가에 오르소서."

불당 앞으로 묵직한 발소리가 들리나 했더니, 이내

불당 문이 열어 젖혀지고 중년의 장수 하나가 무릎을 굽
히고 앉았다.

"나는 가지 않겠네."

"지금 개경은 안전하지가 않습니다. 혹여 모시지 않
았다가 폐하의 옥체에 무슨 일이라도 있게 된다면 저희
가 목숨이 남아나지 않을 것입니다. 부디 불당에서 나오
소서."

"나가면 어디로 간단 말인가?"

"일단은 성 밖의 견룡군과 합류하여 황상 폐하께서
계시는 곳으로 가게 될 것입니다. 황상께서는 지금 태후
폐하께 혹여 불민한 일이 있을까 근심이 대단하십니다."

임 태후는 속이 썩어 문드러지는 기분이었다.

이 와중에도 임금이 걱정하고 있다는 말을 그대로 받
아들일 수 없는 자신이 슬펐다.

그리고 아마 그러한 그녀의 생각이 사실일 것이다.

'내 목숨이 걱정이 되는 것이 아니라, 혹여 궐전에
남아서 대령후를 거들어 줄까 싶은 것이지.'

그녀의 속이 타는 마음을 아는지 모르는지, 중랑장
채인은 그녀를 재촉했다.

"적도가 개경 성내에 불을 붙여 지금 사방에서 관아

와 집이 타오르고 있습니다. 언제 황궁도 화마에 휩싸일지 모르니 부디 저희와 함께 몸을 피하소서."

채인은 만약 태후가 끝까지 버틴다면, 어떻게든 몸을 업어 들어서라도 움직이게 하겠다는 기세였다.

태후는 마지못해 그 요청을 들어주는 수밖에 없었다.

"그래, 가도록 하세."

밖으로 나와 보니 저 멀리서 불길이 치밀고 있는 것이 보였다.

도대체 이렇게까지 되어야 할 이유가 무엇이 있단 말인가.

그녀는 다시 곱씹어 보았지만 대답은 나오지 않았다.

임금의 어가는 도성 서남쪽 선의문(宣義門)에 이르러 멈추었다.

지친 얼굴의 문관들과 시종들은 펼쳐진 광경을 보고서 순간 눈을 의심해야만 했다.

도성 내에서 거센 불길이 하늘로 치솟고 있었던 것이다.

선의문 성문은 활짝 열려 있었으나, 도성 안에 무슨 일이 벌어지는지 알 도리가 없으니 섣불리 들어설 수가 없었다.

얼마를 그렇게 있었을까, 일흔다섯 먹은 노장 응양군 대장군 석수민(石受珉)이 일백 명의 병력을 대동하여 선의문을 나와 임금의 앞으로 나아왔다.

"폐하!"

노장은 아직 무거운 갑주도 버틸 만한지, 묵직한 걸음으로 임금 앞으로 나아와 무릎을 꿇고 외쳤다.

"신이 불민하여 도성에 화마가 오르는 것을 막을 수 없었나이다. 저항하는 역도 수십의 목을 베었으나, 도성 동부에서 진을 치고 저항하는 대령후 일당들에게는 아직 손을 쓰지 못하고 있나이다!"

"궁궐은? 무비는? 태후 폐하는 무사하신가!"

임금은 황궁과 태후의 안위를 물었다.

노장은 부복한 채로 대답을 했다.

"응양군 중랑장 채인을 보내어 감히 황명을 사칭하고 태후마마께서 빠져나오시라 설득하라 보냈습니다. 이외에도 궁내의 사람들을 피하게 하고 있나이다. 아직 궁까지는 불길이 닿지 않았으니 곧 몸 성히 피해 오실 것

왕좌의 아침

이옵니다."

"그렇다면 다행이다."

임금은 잠시 정신이 아찔했으나, 다행히 일이 그렇게 틀어지지는 않은 모양이라 안도의 한숨을 내쉴 수 있었다.

동부에 대령후 일당이 버티고 있다고는 하나, 수천의 병력이 임금의 손에 있었다.

얼마 가지 않아 제압할 수 있을 것이다.

누가 도성에 불을 놓았는지는 알 수 없으나, 개경이 잿더미가 되는 것은 뼈아픈 손실이기는 해도 백성들을 사역하여 다시 재건하면 될 일이다.

그보다는 반역자들을 잡아들여서 목을 베는 것이 중요했다.

옆에서 우환거리가 되는 종양들만 도려낼 수 있다면 거기에 수반되는 쓰림 정도야 참을 수 있었다.

"도성 안으로 드시겠나이까? 아니면 이곳에서 머무르시겠나이까? 소신 감히 아뢰건대 도성 안에 불이 번지고 있고 상황이 좋지 아니하니 성문 밖에서 진압이 되기를 기다리시는 것이 어떠한가 하옵니다."

"그렇게 하도록 하겠다."

임금은 비단금침이 놓인 어가에 털썩 주저앉았다.

잠시 사이에 진땀이 쏙 빠진 기분이었다.

"응양군이 분전을 하였을 텐데, 병력이 아마 모자라서 아직 제압을 하지 못한 모양이지?"

"소신의 능력이 부족하여 아직 적들을 토벌하지 못하였사옵니다. 선지교와 낙타교를 넘어오지 못하도록 사병을 부려 단단히 틀어막은 다음에, 처음 보는 기묘한 무기로 아군을 쏘아 대는 바람에 넘어서지를 못하고 있나이다."

"처음 보는 무기라니?"

"쇠막대에 불을 댕겨 쇠구슬을 쏘아 보내는 무기입니다, 폐하. 다리를 넘어서려 가까이 다가가면 바로 쇠구슬이 아군에게로 쏘아져 와 접근을 할 수가 없고, 개천을 넘어서 가려하면 이내 기름먹인 불화살을 쏘아 대니 가는 족족 병력이 손실되는 판국입니다. 이 불화살에 먹인 불이 초가에 옮겨붙어서 도성 안으로 순식간에 번져 나갔사옵니다."

그제야 임금은 상황이 어찌 된 것인지 짐작을 할 수 있었다.

대령후 이놈이 언제고 반역을 하려고 작심을 했던 모

양이었다.

그렇지 않고서야 이런 갑작스러운 사태에 이 정도로 준비된 채로 대응을 할 수 있을 리가 없었다.

역시 자신의 의심이 옳았다고 생각이 들자, 임금은 분노가 치밀어 올랐다.

"역도들이 과연 언제고 짐을 몰아내려고 준비를 단단히 해 두었던 모양이로구나!"

임금은 이를 바득바득 갈았다.

그러나 조금 뒤에는 끝나게 될 일이었다.

다 끝나게 되면 역도들의 목을 잘라서 성문에 걸어 놓고 인심을 위무할 생각이었다.

십만이 사는 도성에 불까지 지른 놈들이니 두고두고 욕을 먹게 될 것이었다.

"역도들을 완전히 제압하기 위해 병력을 더 거들어 주겠네. 짐을 호위할 백 명의 정예만을 남기고 견룡군은 모두 응양군과 함께 도성으로 들어가 반역자들을 잡아 들이는 일을 도우라."

임금은 이제 개경 동부만 정리하면 사태가 끝날 것이라고 확신이 들었기에, 일을 빨리 마무리 짓고자 견룡군의 태반을 도성 안으로 들여보내기로 결정했다.

임금의 명령에 이의민과 이고는 잠시 짧게 시선을 교환하였다.

순식간에 견룡군 내에서 누가 도성으로 들어갈지 결정이 되었다.

이의민은 자신과 의견이 잘 맞지 않는 산원 이의방만에게 병력 백을 주어 남기고, 견룡군의 장군들과 함께 구백의 견룡군을 인솔하여 응양군 대장군 석수민과 함께 선의문 안으로 들어갔다.

"이고."

이의민은 일부러 대열의 끄트머리에서 이고와 함께 따라 들어가다가, 이내 이고에게 신호를 주었다.

이고는 병력을 빼어 선의문을 닫아 걸어 버리고, 견룡군 전체에 은밀히 약속된 암호를 전달하였다.

암구호를 들은 견룡군 병사들은 두건을 꺼내어 어깨에 매달기 시작했다. 갑작스런 견룡군에 이상한 행동에 석수민을 비롯한 백 명의 응양군과 견룡군 장군들은 멈칫했다.

그러나 이의민은 그들이 좀 더 생각할 여유를 주지 않았다.

"고려를 위해 여기서 뼈를 묻어 주어야겠소."

이의민이 성큼성큼 석수민에게 다가가서 주저 없이 철퇴로 머리를 찍어 내렸다.

노장은 아무런 대응도 못하고 그 자리에서 쓰러졌다.

"이게 무슨 짓이냐!"

"이의민 이놈이 미쳤구나! 견룡군은 무엇을 하고 있느냐? 저 미친 놈을 잡아들이지 아니하고!"

계급 상 견룡군에서 이의민보다 위에 있는 장군들이 노하여 외쳤다.

특히 이의민과 알력이 심했던 고작서(高綽緒)가 길길이 날뛰었다.

그러나 견룡군 병사들은 이의민을 잡아들이기는커녕 오히려 그들을 에워싸고 있었다.

그때야 일이 잘못되었음을 그들은 직감하였으나, 탈출하여 도망가려 해도 이미 선의문이 닫힌 뒤였다.

"아, 이 무슨 낭패냐."

견룡군 장군 고작서는 눈앞이 아찔해서 더 말을 잇지 못했다.

이의민은 주저 없이 그를 말에서 끌어내려 철퇴로 또 찍어 내렸다.

검붉은 피가 확하고 튀어서 주변으로 떨어져 내렸지

만, 아무도 말을 하지 못했다.

석수민이 이끌고 있던 응양군 백명이 저항을 시도하였으나, 이내 숫자가 아홉 배나 많은 견룡군에 의해 손쉽게 제압되었다.

"우리는 황궁으로 향해서 태후 폐하를 모시고, 무비를 잡아들인 다음에, 대령후 합하의 편에서 개경을 제압해 나갈 것이다."

이의민은 철퇴를 든 채로 견룡군들을 향해 외쳤다.

그러고는 이고에게 말해서 이백의 병력을 따로 지휘하여 다시 선의문을 나가 황제의 어가를 붙잡으라고 명했다.

이고에게 있어서는 전공을 세울 절호의 기회였다.

그는 눈을 번득이며 반드시 성공하겠다고 말 한 다음에, 병력을 꾸려서 선의문을 다시 열고 황제의 어가로 향했다.

백중지세였던 싸움이 이제 그 추가 기울어지고 있었다.

임금은 지금 눈앞에서 벌어지는 일을 믿을 수 없었다.

견룡군이 응양군을 따라서 선의문을 들어서더니, 갑자기 성문이 닫혔다.

무슨 일인가 의아하여 사람을 보냈는데, 이내 성문이 다시 열리더니 견룡군으로 보이는 병력 이백 가량이 선의문을 나와서 이쪽으로 다가오고 있었다.

안에서 심상치 않은 일이 벌어진 모양인가 하여, 견룡군의 선두에 서 있는 산원에게 무슨 일인지 캐물으려고 하는 찰나, 그 산원의 입에서 난데없는 소리가 나왔다.

"폐주와 간신들을 잡아라! 저항하는 자는 목을 베어도 무방하다! 목을 벤 만큼 상급을 내릴 것이다!"

그 말이 떨어지자마자 눈이 번득이는 병사들이 어가 호위들에게 달려오고 있었다.

임금은 눈이 휘둥그레져서 어가에서 내려오려다가 땅바닥에 뒹굴고 말았다.

임금의 곁에서 서 있던 백선연과 왕광취 같은 간신배들뿐만 아니라, 임금의 부름을 받고 경룡재로 행차하였던 문신들도 갑작스러운 사태에 놀라 허둥거렸다.

"이 무슨 짓이냐, 이고!"

임금을 호종하라고 남겨 두었던 백 명의 견룡군을 책임지고 있던 이의방이 칼을 뽑아 들고 소리쳤다.

"이보게 의방이. 이 나라는 나무의 뿌리가 썩어서 열매를 맺지 못한 지 오래네. 그러니 뿌리를 도려내고 나무를 새로 심어야 하지 않겠는가? 그래, 무너지는 나무에 깔려서 같이 죽겠는가, 아니면 뿌리를 자르는 일을 거들어 주겠는가?"

이고의 말에 이의방의 눈이 잠시 흔들렸다.

그는 견룡군 대부분이 이 반역에 참여하기로 이미 약속이 되어 있었고, 자신만이 이의민에게 협조적이지 않았기 때문에 내돌려진 것이라는 것을 깨달았다.

순간 그는 뒤통수를 맞았다는 생각에 분노가 머리끝까지 치밀어 올랐다.

"이놈! 그렇게 쉽게 끝나지는 않을 것이다."

이의방은 바로 임금을 일으켜 세운 다음에 어가에 올려 태우고, 자신을 따르는 견룡군 병사 몇을 급하게 추려 내어 다음에 말을 달리기 시작했다.

"그렇게 도망가 보아야 어디까지 가겠는가? 후회할 일을 하지 말게."

뒤에서 이고가 외치는 소리가 들렸다.

그러나 이의방은 어떻게든 임금을 살려 내겠다는 생각뿐이었다.

임금에 대한 충성심 때문이 아니다.

사사건건 견룡군 내에서 파벌을 짓고 위세를 부리던 이의민 일파에 대한 반감 때문이리라.

다행히도 이고와 그를 따르는 병력들은 이의방이 임금과 함께 도망할 수 있도록 길을 막아 세운 충정스러운 병사들 덕분에 더 나아오지 못하고 있었다.

화살이 뒤에서 날아오기 시작했지만 이의방은 전혀 개의치 않고 앞으로 내달리기만 했다.

그렇게 임금의 어가와 그를 둘러싼 열 필의 말을 탄 병사들이 서쪽으로 사라져 갔다.

"어서 이놈들을 처치하고 추격을 하도록 한다!"

이의방도 이 정도 압박을 하면 임금을 지킬 생각을 하지 않고 자신에게 부응해 줄 것이라고 착각한 것이 실수였다.

이고는 이를 뼈득뼈득 갈면서 자신이 먼저 이의방에게 투항하라 기회를 준 것을 후회했다.

그 잠시의 시간을 주지 말고 말없이 들이쳤어야만 했다.

그 찰나의 틈에 임금을 빼돌려 내달릴 줄은 몰랐던 것이다.

"제발, 제발 살려만 주시오! 뭐든지 하겠소이다!"

이고는 자신의 바짓가랑이를 잡고 늘어져서 횡설수설하는 남자를 내려다보았다.

주변에서는 여기저기서 비슷한 소리가 터져 나오고 있었다.

"네 이름이 뭐냐?"

"왕광취요, 왕광취. 내 목숨만 살려 준다면 재산을 모두 털어서 그대에게 주겠소. 부디 목숨만 건지게 해 주시오!"

어쩐지 익숙한 목소리다 싶었다.

이고는 자신의 벌벌 떨며 자신의 가랑이를 붙잡고 있는 왕광취의 목덜미를 팍 틀어쥐고서 끌어 올렸다.

상투가 다 풀어지고 공포에 허옇게 질린 얼굴을 보니 역겨움이 치밀어 올랐다.

이고는 주저 없이 왕광취를 내던진 다음에 한 발로 등을 밟고 그 목을 베어 버렸다.

개경은 좁은 거주 지역에 10호가 살고 있는 매우 밀집된 도시였다.

더군다나 거의 모든 건물이 목조인데다가, 대개는 허술한 초가지붕이 골목마다 다닥다닥 붙어 있는 형편이었다.

이런 상황에서 한번 불이 붙으니 금방 도시 전체를 태워 버릴 듯이 번지는 것도 당연한 일이었다.

선지교와 낙타교를 둘러싼 대치 상황은 여전히 이어지고 있었지만, 이내 응양군과 금오위는 점차 전의를 잃고 그 숫자도 줄어 가고 있었다.

이쪽에는 거의 타격을 주지 못한 채 지리적인 우위를 선점하고 총으로 사격을 해 대는 정서의 사병들에 의해 손실만 강요당하고 있는 상황이었다.

이 와중에 도성이 불타기 시작하자 이들은 전열이 무너져서 골목마다 제각기 몸을 피하기 정신이 없었다.

"견룡군이 정말로 우리 편에 붙어 주겠소?"

눈앞에 펼쳐지는 지옥도와 같은 풍경에 신음을 흘리며 김돈중이 물어 왔다.

그가 끌고 온 사병들도 맹렬하게 싸워 준 덕에 시가

전이 시작되고 난 다음, 동부는 거의 손실을 입지 않고
있었다.

정서는 그의 물음에 고개를 끄덕였다.

그는 이의민의 모습을 떠올려 보았다.

몸집이 대단한 거한인데다가, 그 눈은 야망으로 일렁
이고 탐욕이 서려 있는 사내였다.

그 욕망 때문에 주저 없이 임금에게 등을 돌릴 수 있
는 자였다.

호랑이를 키우고 있는 것이 아닌가 하는 생각도 들었
지만, 이의민이 아니라면 이번 반정에서 좀 더 출혈이
강요되었을 것이다.

만약 이의민이 이쪽에 붙지 않았더라면, 그 견룡군
병력들은 지금쯤 응양군을 돕기 위해 이 동부까지 밀려
와서 자신들에게 공세를 퍼붓고 있을 터였다.

"아마 이미 저희 측으로 돌아서서 황궁이라도 점령하
러 들어갔을 것입니다. 이제 슬슬 대치 상태를 정리하고
다리를 건너가 응양군 잔병들을 치우도록 하지요."

정서는 상황을 보건대 아직 병력이 열세임에는 분명
하나 남은 응양군 잔병들을 처리해 나가는 것은 어렵지
않을 것이라고 판단했다.

이미 사천 개울가에는 쓰러져 주검이 된 응양군의 시체가 널려 있었고, 다리 건너편의 시가지는 화마에 삼켜져서 불타고 있는 상황이었다.

무리해서 일일이 잡아 죽일 필요도 없고, 불길로 뛰어들 필요도 없었다.

그러나 개경을 완전히 제압하기 위해서는 병력을 움직여서 이의민과 임금의 신병을 획득해 황궁을 점거할 필요가 있었다.

❖ ❖ ❖

무비는 자신의 앞에 선 사내를 보고서 손을 달달 떨고 있었다.

분명히 자신은 임금이 보낸 응양군 장수의 호위를 받아 도성을 안전하게 빠져나갈 것이라고 잠시 전까지만 해도 안심하고 있지 않았던가.

그런데 궁궐을 막 빠져나오려던 차에 갑자기 수백의 병력이 들이닥치더니, 자신을 호위하는 병사들을 말도 없이 베어 버리고 자신을 마차에서 끌어내어 사내 앞에 꿇어 앉혔다.

무비는 애써 태연한 척 하려 애를 썼다.

"이, 이 무슨 짓이냐? 너, 너는 견룡군의 중랑장 아니냐? 내가 누군지 몰라서 감히 이러느냐?"

무비는 머릿속으로는 이러한 상황이 벌어지려면 뭔가 일이 단단히 틀어진 것이라고 직감하고 있었다.

그러나 그녀로서는 소리를 치며 다그치는 것 외에는 어떻게 대응해야 할지 방법조차 떠오르지 않았다.

"이 상황이 되어서도 입만 살았군."

무비 앞에 버티고 선 중랑장 이의민은 그녀가 가소롭기 짝이 없다는 듯이 바라보고 있었다.

그는 무비를 일으켜 세운 다음에, 우악스러운 손으로 그녀의 턱을 잡아채어 자신이 잘 볼 수 있도록 젖혀 올렸다.

"잡년이 이 와중에도 아주 사내를 홀려 먹게 생겼구나. 네년이 이 얼굴로 임금을 홀려다가 나라의 기둥을 뽑아 버렸지. 그렇지 않은가?"

이의민의 말에 무비는 피가 쏙 빠져나가는 기분이었다.

혹여나 했던 기대가 모두 사라졌다.

분명히 임금에게도 사달이 난 모양이었다.

이의민을 비롯한 견룡군이 반역에 가담한 것이다. 그렇지 않다면 이 상황은 설명이 되지 않았다.

그러나 무비의 생각은 더 이어지지를 못했다.

이의민이 한 손으로 그녀의 가슴을 틀어쥔 것이었다.

"젖도 찰지게 여물었구나. 임금이 젖통을 매일같이 빨아 주더냐?"

이의민의 말에 그의 뒤에 서 있던 견룡군 병사들이 킬킬거리며 웃어 댔다.

무비와 함께 사로잡힌 그녀의 시녀들도 그 견룡군 병사들에게 희롱당하고 있었다.

이게 무슨 지옥도인가 싶은 기분이었다.

그때, 견룡군 병사 하나가 여전히 무비의 젖가슴을 주물거리고 있는 이의민에게 다가와서 뭐라고 말을 전했다.

무비는 정신이 아득하여 제대로 듣지 못하였으나, 이의민은 그 말을 듣고서는 무비를 내동댕이치고 견룡군 병사들을 자제시켰다.

이내 궁문의 한쪽에서 누군가가 움직여 나오는 것이 무비의 눈에도 보였다.

수십의 병사들에 둘러싸여 나오던 그 사람은 이내 이

의민 쪽으로 다가와 멈추어 섰다.

"황상은 어찌 되었는가?"

임 태후였다.

그녀를 호종하던 응양군 중랑장 채인은 일이 꼬였음을 알고서, 견룡군의 설득에 응해 임 태후와 함께 견룡군에 투항해 왔다.

덕분에 임 태후의 신병을 확보하러 간 병사들은 피를 보지 않을 수 있었다.

임 태후는 이제 될 대로 되라는 심정이었다.

그렇게 황궁을 빠져나오다가 눈에 익은 장수가 있는 것이 보였다.

임금이 늘 총애하며 감싸고 돌던 견룡군 중랑장이 아니던가.

그자가 지금 무비를 붙잡아 두고 있는 것을 보니, 그조차도 임금에게서 등을 돌린 모양이었다.

"아마 지금쯤 신하들을 모두 잃고 붙잡혀 계실 것입니다."

이의민의 말에 임 태후는 길게 탄식했다.

"혹여 목숨이 붙어 있거든 너무 모질게 대하지는 말아 주게. 알겠는가?"

"알겠사옵니다, 태후 폐하."

이의민은 사람에 따라 어찌 대해야 할지 분별은 있는 사람이었다.

자기 마음대로 다루어도 되는 사람들에게 대해서는 가차 없었으나, 고개를 숙여야 될 때와 치켜들어야 될 때를 구분 못하는 자가 아니었다.

임 태후는 앞으로도 고려 정치에서 중요한 축으로 남아 있을 것이었다.

이의민은 자신의 눈앞에 있는 늙은 여인의 심기를 거스를 생각이 없었다.

"태후 폐하! 태후 폐하! 부디 소첩의 목숨을 살려 주세요!"

흙바닥에 내동댕이쳐져서 부들부들 떨고 있던 무비가 임 태후의 앞으로 기어와서 간청을 했다.

그러나 임 태후의 시선은 생각보다 싸늘했다.

애초에 천한 출신인 주제에 임금의 혼을 빼어 놓고 국사에 사사롭게 간섭을 하는 무비가 임 태후의 마음에 들 리 없을 터.

"저 천한 것을 어찌 처리할 생각인가?"

"명이 떨어지면 베든지 쫓아 보내든지 할 것입니다."

임 태후는 상관없다는 듯 고개를 젓고서는 다시 마차에 올라 움직였다.

아마도 개경 근교의 안전한 사찰로 화마를 피해 있게 될 것이었다.

"태후 폐하! 태후 폐하!"

무비는 멀어져 가는 임 태후를 향해 간절하게 외쳐 보았지만, 그녀에게 돌아온 것은 이의민의 발길질뿐이었다.

이의민이 그녀의 배를 걷어찬 것이었다.

"으, 으으……."

"이년이 아직 주둥아리만 살았구나. 다리 사이에 달려 있는 입도 어디 살아 있는지 한 번 보자."

이의민은 우악스러운 손길로 그녀를 다시 잡아채서 옷을 발기발기 찢어 버렸다.

그녀는 일이 어쩌다 이렇게 되었는지 비통한 마음뿐이었다.

그 영화롭던 나날도 이제 모두 비참한 지옥 속으로 떨어져 버리게 된 것이었다.

제36장
지는 별, 떠오르는 별

정민은 고려에서 무슨 일이 벌어지고 있는지는 전혀 모른 채, 9월도 며칠이 지났을 무렵에 동경 요양부에 당도하였다.

그는 감옥에 갇혀 있던 이공승을 불러다가 상황이 이 러하여 완안옹에게 붙어서 종군하였고, 그 결과 지금 완 안옹이 제위를 얻어서 남송과의 전쟁을 마무리하기 위 해 회남으로 갔다는 이야기를 전해 주었다.

자신이 옥에 갇혀 있는 사이에 상황이 많이 달라져 있음을 알고는 이공승은 정신이 어득했다.

정서는 정중부와 함께 이공승에게 앞으로 어찌할 것

이냐고 물었다.

"내가 무엇을 하면 좋겠는가? 고려로 돌아가는 길에 반역의 깃발이라도 앞장서서 치켜들란 말인가?"

"죄인 신분으로 저희에게 끌려가시거나, 아니면 저희와 한 배를 타시거나 둘 중 하나지요. 어차피 임금에게도 놀이패로 이용당하신 것 아닙니까?"

정민의 말에 이공승은 허탈하다는 표정이 되었다.

"군주가 사람을 쓰는 것이 어떻게 지금 상황과 같단 말인가?"

"어차피 저희에게 군권을 잃고 돌아가는 것만으로도, 혹여 저희가 임금에게 의해 단죄된다고 하더라도, 도총사께서는 여전히 임금의 추국을 피할 수 없을 것입니다."

"아직도 날더러 도총사라고 해 주는가?"

"아직 임금이 내린 부월은 여기 있잖습니까?"

동경 요양부에 압류되어 있었던 부월을 정민은 이공승에게 내밀었다.

그냥 목을 베어 버리고 돌아갈까도 생각했었으나, 이공승이 악랄한 사람도 아니니 괜한 목숨을 잃게 하고 싶지도 않았거니와, 고려의 상황이 어떠한지를 모르니 언제 어떻게 쓰일지 모르는 이공승을 살려 두어서는 나쁘지 않을 성싶기도 했다.

"만약 임금이 그대들에게 죄를 물으려고 한다면, 도대체 어떻게 할 생각인가?"

"어떻게 하긴, 개경을 점령할 것이오. 전쟁에서 살아남은 정예 1만 7천이 우리의 명을 따르고 있소이다."

이런저런 이유로 3천 가량의 병력 손실이 있었지만 여전히 병력의 대다수는 온전해 있었다.

마음만 먹으면 고려를 뒤엎는 것도 불가능한 숫자가 아니었다.

이공승은 침음을 흘린 다음에 못내 고개를 끄덕였다.

"선택권이 없으니 그저 그대들이 원하는 바를 따르는 수밖에."

이공승은 탄식하며 부월을 받아 들었다.

물론 자신도 잘 알고 있었다.

말만 도총사라고 해 주면서 고려로 데려가는 것일 뿐, 그는 이제 병력 앞에 모습을 드러낼 수도 없었다.

애초에 이공승에 대한 반감을 이용해 병력을 접수했던 정민과 정중부였다.

다만 이공승은 혹여 고려의 상황이 예기치 않은 방향

으로 움직였다면, 그때에 이공승을 내세워서 활로를 조금 뚫어 볼까 하는 정도에 불과했다.

예컨대 이공승을 앞세우는 것만으로도 개경까지 가는 길에 방해 없이 움직일 수 있을 것이다.

혹여 임금이 돌아오는 대로 정민과 정중부를 제거하려고 들 생각이라고 하더라도, 아직 이공승에게 병력이 온전히 지휘되고 있다는 확신이 있다면 개경까지 귀환하는 동안 길을 막지는 않을 것이다.

그러나 이들이 예측한 것과는 전혀 다른 상황이 전개되고 있음을 압록강을 넘어서자마자 알게 되었다.

9월 그믐날, 압록강을 건너 고려 경내로 접어들자 분위기가 심상치 않았다.

영문을 모르고 있는 와중에, 그들이 압록강을 건너기를 기다렸다는 듯이 몇 명의 군인들의 호위를 받고 있는 오저군이 군영을 찾아왔다.

"오저군이!"

"무탈하게 돌아오신 것을 경하드립니다."

"도대체 무슨 일인가?"

오저군이 전해 준 소식은 놀라운 것이었다.

혹여 벌어질까 우려했던 일이 실제로 벌어진 것이다.

그러나 임금의 계책은 결국 빛을 보지 못했고, 오히려 견룡군이 돌아섬으로써 개경이 결국 대령후의 손에 떨어졌다는 소식이었다.

그 와중에 개경 시가지가 반 이상이 전소되어, 지금 도성의 상태가 말이 아니라는 것을 듣고서는 정민은 탄식했다.

"아버님과 가솔들은 모두 안전한가?"

"다행히 일이 벌어지기 전에 정서 나리께서 마님을 비롯하여 부녀자들을 모두 벽란도의 하 행수에게 보내어 두었습니다. 전화가 벽란도까지는 닿지 않아서 아무도 다친 분이 없으십니다. 다만 개경성 내가 지금 꼴이 말이 아니라, 아직 귀경하지는 않으시고 벽란도에 다들 머물고 계십니다. 정서 나리께서도 다친 곳 없이 잘 계십니다."

"그것은 다행이다."

정민은 진심으로 안도했다. 무엇보다도 가족들의 안위가 걱정되었던 것이다.

"그래서, 임금은 어찌 되었는가?"

"그것이 좀 골치 아프게 되었습니다. 그것 때문에 제가 이곳에 와서 기다리고 있던 것입니다. 지금 육로로는 개경에서 이곳으로 올 수 없어, 부득불 압록강 하구까지 배로 움직여 여기서 기다리고 있었던 것입니다."

"좀 더 자세히 이야기 해 보게."

"임금 주위에 있던 간신들과 환관들은 거의 모두 주살되었고, 무비도 견룡군 중랑장 이의민 손에 떨어져서 욕을 보고 결국에 목이 베어졌습니다. 그런데 견룡군 산원 이의방이라는 자가 임금을 구출해 내어 서경으로 도망치는 바람에, 지금 서경 일대에 아직 임금이 살아남아 저항하고 있습니다. 일만도 안 되는 병력을 모아서 서경과 그 근교만을 틀어쥐고 있는 형국이나, 개경에서도 아직 병력을 충분히 모으지 못해서 새로이 보위로 추대되신 대령후 합하와 그분을 섬기는 제공(諸公)들의 근심이 대단합니다."

"요컨대, 우리가 돌아오기만 기다렸다가 이 병력으로 서경을 쳐 주었으면 했던 것이로구먼."

"정확하십니다."

오저군의 말에 정민은 헛헛하고 웃었다.

일이 이렇게 흘러갈 줄은 전혀 생각지 못했다.

개경을 손에 쥐고 대령후를 추대한 것은 참으로 잘된 일이었다.

그러나 그 와중에 도성이 전소를 하고 폐주는 도망쳤으니 그것은 아쉬운 일이었다.

다만 정민은 자신이 일의 마무리를 거들 수 있게 된 것은 다행이라고 생각했다.

다른 사람들이 다 차려 놓은 판에 숟가락만 얹는 것은 사양이었다.

정민은 그날로 바로 정중부와 마주 앉아 다음의 계책을 상의하였다.

정중부의 의견도 크게 다르지 않았다.

서경을 공격해서 폐주를 사로잡게 되면 실로 당당하게 개경으로 개선할 수 있을 것이었다.

이것은 반정 이후의 지분을 나누는 데에 있어서 큰 공적으로서 가산될 것이다.

더군다나 2만 가까운 병력을 개경까지 끌고 가서 진을 치고 있다면, 그만한 시위도 없을 것이다.

정민은 자신이 생각하는 방향으로 다음 시대의 고려가 나아갈 그림을 그리기 위해서, 이번 기회를 잡아야만 했다.

만약 호기를 놓쳤다가는 무신정변 이후에 고려가 걸었던 험난한 정쟁이 반복될 수도 있었다.

"어떤 방책을 쓰는 것이 좋겠소?"

정중부가 지도를 펼치며 물었다. 정민은 고려 북계(北界)—즉 서북면의 여러 주현들과 산하(山河)가 대략적으로 그려진 지도를 들여다보며 서경과의 거리를 가늠해 보았다.

"우리가 영주(靈州, 現 평안북도 의주)에 지금 진을 치고 있고, 패서(浿西)의 병력은 거의 우리 군대에 편성되어 있으므로, 서경까지는 사실상 그냥 진군하기만 하면 됩니다. 문제는 서경에서 임금과 싸울 것인지, 아니면 다른 방법을 택할 것인지가 문제인데…… 빠르게 행군하더라도 열흘은 걸릴 거리이니, 그사이에 폐주가 사태를 파악해서는 안 됩니다."

"폐주와 싸우지 않는 다른 방법이란 게 대체 무엇이오? 이 마당이 되어서 폐주를 치지 않는 것이 가능하단 말이오? 오히려 어떻게든 그자를 잡아다가 개경으로 끌고 가야 할 판에?"

정중부는 생각보다 몸이 달아 있었다.

그는 이번 정변에서 어떻게든 공적을 세우고 싶어 하는 것이 눈에 보였다.

정민은 대략 그 이유를 짐작하고는 있었다.

그는 지금 김돈중을 생각하고 있는 것이 분명했다.

예전 김돈중에게 수염이 태워지는 모욕을 받은 뒤로 평생의 원수로 삼고 이를 갈고 있는 정중부였다.

비록 어쩔 수 없이 동래 정씨를 매개로 하여 느슨하게 손을 잡고 있었지만, 이제 승리가 확실해진 지금에서는 또 김돈중에게 밀려나서 새롭게 짜여 질 판에 말석으로 끼고 싶지는 않다는 것이었다.

'막상 폐주를 잡아다가 폐위를 확정짓는다 하더라도, 이제부터 진짜 알력다툼이 시작되겠구나. 김돈중과 정중부는 필히 부딪히게 될 것이다.'

김돈중은 이 사태에서 살아남은 문신들과 권문세가의 지지를 받아 입지를 강력하게 다지려고 할 터였다.

정중부에게는 무신들이 있었다.

이번 정변에서 무신들의 협조가 아니었더라면 손쉽게 성공을 하지 못했을 것이다.

이의민과 같이 견룡군 내에서 추종자들을 많이 거느리고 있는 자들도 있었지만, 기본적으로 정중부는 고려군 전체에서 그 인망이 두터운 사람이었다.

그는 어떻게든 무신 전체에 대한 대우를 개선할 것을 주장하면서 직접 정치판으로 끼어들 것이다.

그렇다면 이제 동래 정씨는 어떤 입장을 취해야 할까? 물론 향후의 정치판을 짜는 데에 있어서 정씨 가문이 주도적 역할을 할 것은 당연한 일이었다.

애초에 정변을 성공시킨 주역이자 새로이 보위에 오른 대령후와 강력한 인척관계를 정씨는 맺고 있었다.

그러나 그 세도가 잠시의 일장춘몽으로 끝날지, 아니면 장기적으로 이어질지는 어디까지나 앞으로 몇 년간 문신과 무신들 사이의 알력을 효과적으로 조정하는 일에 달려 있다는 것은 자명했다.

김돈중을 견제할 수 있도록 무신들이 결집하게 만들려면 정중부만 한 사람이 없었고, 그가 신망을 얻으려면 공적이 더 필요했다.

"저희에게는 이공승이 있지 않습니까?"

"이공승 그자는 이제 쓸모가 없지 않소이까? 이미 폐주가 개경에서 쫓겨난 몸이 되었을 줄 알았다면 이공승은 일찌감치 금나라에서 목을 베어 버리고 왔을 것이오."

"피를 흘리지 않고 서경의 성문을 열어 줄 사람입니다."

정민의 말에 정중부가 무슨 이상한 소리를 하냐는 듯

쳐다보았다.

이유가 있어서 그런 말을 하는 것은 알겠으나, 좀 알아듣게 말해 보라는 눈치였다.

"금나라로 떠나갔던 2만에 가까운 군대가 돌아왔는데, 그 군대가 저희가 아닌 이공승의 지휘 아래 있다고 합시다. 폐주가 이 사실을 알면 어떻게 생각하겠습니까?"

"오호라, 이 병력으로 다시 개경을 공격하면 순식간에 일을 끝낼 수 있다고 기꺼워하겠군."

정중부가 무릎을 탁 치며 감탄했다.

"성문을 열어 이공승을 맞아들이고, 환영해 마지않을 것입니다. 사실상 팔다리가 다 잘린 상황이나 다름없는 폐주로서는, 이공승이 다시 사지를 달아 줄 사람이니 얼마나 몸이 달겠습니까?"

"그런데 그 마당이 되어서 실제로 이공승이 지휘권을 행사하겠다고 하면 어떻게 하오?"

"이공승은 고민할 것입니다. 그가 현명한 자라면 경거망동하지 않을 것이고, 우매한 자라면 이참에 그간 입은 모욕을 씻고자 적극적으로 폐주에게 부역하여 저희를 몰아내고 병력을 지휘해 대공을 세우려고 할 것입니다. 그런데 문제는 병사들이 이공승의 말을 듣고 움직일까 하는 것이지요."

"절대 그러지는 않을 것이오, 그건 내 장담하지."

애초에 이공승은 압록강을 건너기도 전에 병사들의 지지를 모두 잃었다.

그들은 금나라에서 대공을 세우고 목숨이 살아서 돌아올 수 있었던 것은 정민과 정중부의 공로라는 점을 뚜렷이 인지하고 있었다.

더군다나 애초에 폐주는 패서 지역 출신이 다수인 병사들에게 인기가 없었다.

묘청의 난 이래로 서북면이 얼마나 차별을 받아 왔던가.

군역은 과중했고 배는 늘 굶주려 있었다. 더군다나 만리타향에서 싸우라고 떠밀어서 보낸 것이 바로 폐주였다.

"그래도 혹시 모르니 병사들 사이에 소문을 퍼뜨려 주십시오."

"뭐라고 말인가?"

"금나라의 새 황제가 이공승을 목매달아 죽이려고 한 것을, 겨우 목숨을 구하게 해 주어서 고려 땅에 데리고 왔더니, 이미 다 망해서 서경으로 도망친 임금을 거들어 주려 한다고 말입니다."

"그것이면 충분할 걸세."

"굳이 어렵게 서경의 성을 둘러싸고 폐주가 말라 죽을 때까지 공성전을 펼칠 이유가 없습니다. 성문이 열리면 그때부터는 일이 쉽게 해결될 것입니다."

"이공승 이자가 차라리 멍청했으면 좋겠군."

정중부가 혀를 끌끌 차며 말했다.

❈   ❈   ❈

폐주를 몰아냈다고는 하나, 개경의 상황은 참으로 비참한 지경이었다.

개경은 사실상 잿더미가 되어 있었다.

동부와 남부의 거주 지역은 거의 화마를 입지 않았으나, 나머지 지역은 완전히 전소된 상황이었다.

금오위 병력 일부가 필사적으로 불길을 막아 태묘(太廟)는 불길을 간신히 피했으나, 사직(社稷)과 황궁 일부가 다 타 버릴 정도로 불길은 대단했다.

하루 밤낮을 꼬박 불타올라 개경의 삼분의 이를 태워

버리고 나서야 간신히 멎었다.

비가 쏟아붓지 않았더라면 개경의 나머지 지역도 불
길을 피할 수 없었을 것이었다.

이 정도의 화재는 전례가 없는 규모였다.

35년 전, 1126년의 음력 2월에 척준경이 궁궐에 불
을 질러 전소시켰을 때의 화재에 비견해서도 더 대단한
규모였다.

인종이 세도를 부리는 이자겸과 척준경 등을 주살하
고자 상장군(上將軍) 오탁(吳卓), 대장군(大將軍) 권수
(權秀), 장군(將軍) 고석(高碩) 등에게 은밀히 병력을
움직이게 했었는데, 이때에 척준경의 아우 병부상서(兵
部尚書) 척준신(拓俊臣)과 척준경의 아들 내시(內侍)
척순(拓純)이 피살되었다.

그러나 이러한 사태는 이내 이자겸의 귀에 들어갔고,
이자겸은 척준경에게 이 사실을 급히 전했다.

척준경은 이에 길길이 날뛰면서 인종에게 반격을 가
하기로 마음을 먹고, 이자겸과 함께 궁성을 포위하고 공
격하기 시작했다.

그럼에도 불구하고 인종을 비롯해 인종의 명을 받든
장수들이 대궐에서 나오지 않자, 척준경은 꾀를 내어 황

궁에 불을 놓았던 것이다.

한번 붙은 불은 대궐 전체를 삼키고 인근의 절과 주거지까지 태울 정도로 활활 타올랐다.

결국 인종은 저항을 포기하고 궐 밖으로 나와 척준경의 집에 잠시간 유폐되어야 했고, 임금을 거들던 상장군 오탁 등은 죽음을 면치 못했던 것이다.

그러나 척준경은 군사적으로 승리를 얻었음에도 정치적으로는 승리하지 못했다.

임금을 핍박하고 대궐에 불을 질렀다는 오명이 끊임없이 꼬리표처럼 붙어 다녔던 것이다.

이러한 척준경의 행동이 나중에 이자겸과 대립 구도가 형성되었을 때 이자겸에게 빌미를 주었음은 두말할 나위 없는 노릇이다.

아직도 개경의 늙은이들은 이때에 벌어졌던 일들을 또렷이 기억하고 있었다.

그리고 그러한 상황이 훨씬 가혹하게 지난 며칠간 개경에 벌어졌으니, 사람들이 이때의 일을 상기하는 것은 당연한 일이었다.

더군다나 이번에는 자신이 먹고 자고 살아가야 할 터전마저도 완전히 불타 버린 상황이 아닌가.

"천막이라도 쳐서 백성들이 비바람을 피할 수 있게 하고, 창고의 곡식을 모두 내어 굶지 않도록 하라."

정서라고 이러한 상황을 모를 리 없었다.

혹여나 원망이 폐주가 아닌 자신들에게 닿을까 우려해서, 하두강 등을 시켜서 정씨 가문이 그간 쌓아 놓은 재물과 곡식을 아낌없이 풀었다.

당장의 지출을 아까와 하다가는 더 많은 것을 잃을 수 있었다.

그러면서 개경성 내에 폐주가 간신들의 말에 홀려서 충신들을 죽이려고 하다가 일이 틀어지자 개경에 불을 놓고 도망을 갔다고 소문을 냈다.

물론 대령후와 정서가 앞서서 피해를 입은 도성 주민들을 위해 구휼에 나섰다고 퍼뜨리는 것도 잊지 않았다.

돌아가는 판을 지켜보던 김돈중도 결국 창고를 열어 곡식과 재물을 풀었다.

그 또한 일찌감치 벽란도로 가산을 빼돌려 놓은 덕에, 집이 반쯤 타 버렸음에도 불구하고 재산은 멀쩡히 남아 있는 상황이었다.

"이제 황궁으로 이거(移居)하시어 보위에 오르소서."

폐주가 달아난 지 사흘이 지났을 때, 정서와 김돈중,

그리고 최유청이 개경에 남은 관료들을 모두 이끌고 대령후저로 나아가서 엎드려 고려의 새로운 주인이 되라 주청을 했다.

경룡재에 갇혀 있다가 풀려나게 된 문극겸도 이 대열에 함께 서 있었다.

이뿐만 아니라 견룡군 중랑장 이의민이 수복의 주역인 견룡군 병사들을 모두 이끌고 나아와서 함께 대령후에게 황궁으로 이거하라 간청하니, 개경 주민들도 천하의 주인이 이제 바뀌었음을 똑똑히 알게 되었다.

"비록 형님 폐하께옵서 실정을 하셨다고 하나, 아직 그 행방을 모르고 전말이 다 밝혀지지 않았으니, 어찌 감히 내 스스로 제위에 오르겠는가?"

본심인지 아니면 일부러 겸양을 떠는 것인지, 대령후는 하루를 꼼짝하지 않았다.

사실 대령후는 대령후대로 계산이 있었다.

사태가 이렇게 마무리되기까지, 자신이 주도적으로 한 것이 사실상 없었다.

그나마 믿을 수 있는 것은 정서 정도로, 그것도 그간의 친분이 매우 두터웠고 집안이 통혼으로 얽혀 있기 때문이었다.

사실상 이대로 떠밀리듯이 고려의 새로운 천자(天子)로 등극하였다가는 정치적 입지가 매우 좁아진 채로 반정 공신들에게 휘둘릴 가능성이 높았다.

이왕에 제위에 오를 것이라면 최대한의 영향력을 확보한 뒤에 오르고 싶은 것이 그의 마음이었다.

"너무 늦어지면 민심이 동요할 것입니다. 아직 폐주가 잡히지 않았다고는 하나, 오늘 종자 하나를 데리고 도망치던 왕흔은 잡아들였습니다. 그가 사실을 모두 토해 냈으니 임금이 어떠한 계략을 꾸민 것인지는 이제 천하가 알게 되었습니다. 더는 사양치 말고 보위에 오르소서."

"이대로 내가 제위에 오르면 이번 정란에 참여한 공신들이 나를 팔아 서로 권력을 다툴 것이네. 그렇지 않은가?"

"그렇다고 하더라도 지금은 대안이 없습니다. 소신 정서가 힘이 닿는 데까지 합하를 보필하겠나이다."

"일단은 거취를 옮기도록 하겠네."

결국 1161년 음력 9월 4일 저녁, 대령후는 자신의 저택을 나와서 견룡군의 호위를 받아 황궁으로 옮겼다.

비록 그 일부가 화재에 타 버리기는 했으나, 여전히

대부분의 전각들은 멀쩡히 남아 있었다.

개경의 백성들은 잿더미가 된 길가에 주저앉아서 대령후가 황궁으로 몸을 옮기는 이어(移御) 행렬을 생기 없는 눈길로 지켜보았다.

그들로서는 보다 나은 세상이 열릴지, 아니면 더 가혹한 치세가 시작되는 것인지 분간할 재주가 없었다.

그저 하루 빨리 집을 다시 짓고 생계를 꾸려 삶을 이어 나갈 수 있기를 바랄 따름이었다.

❖　　❖　　❖

벽란도로 몸을 피해 있던 왕연도 개경의 사태가 어느 정도 수습되자, 우선 대령후저로 거취를 옮겼다.

원래 고려의 풍습 상 신혼살림은 처가에 차리고 몇 년을 처가에서 머무르는 것이 일반적이었다.

물론 이제 곧 공주의 신분이 될 터이니, 황궁에 사위가 기거하게 할 수는 없었고, 하가(下嫁)한 정씨 가문에서 신방을 차려야 했다.

그러나 일단은 그녀에게 익숙한 대령후저에 자리를 잡은 것이었다.

물론 정서의 자택에는 다르발지가 옮겨 가 있기 때문에 잠시 거리를 두고 싶은 생각이 있기 때문이기도 했다.

서로 간에 믿고 싶어서 경원시하고 있다기보다도 아직 거리감이 크게 있기 때문이었다.

왕연은 개경으로 돌아와 대령후저에서 쉬고 있으면서도, 마음은 좀체 편치 않았다.

우선 돌아오면서 완전히 화마에 휩쓸려 주춧돌만 남은 개경성 내를 보니 안타까운 마음이 들어서이기도 했고, 둘째로 정민이 아직 금나라에서 잘 싸우고 건강하게 돌아오고 있는지 아는 바가 없었기 때문이었다.

그녀는 아비와 시아비가 임금을 몰아내고 정권을 잡아서 기쁜 것보다도, 사랑하는 신랑이 만리타향에서 전장을 옮겨 다니고 있을 생각에 마음이 무거운 것이 더 컸다.

그렇게 입맛이 없는 채로 조용히 시선을 피해 있는 사이, 뜻하지 않게 그녀는 임 태후의 부름을 받게 되었다.

황궁에서 나와 관란사에 가 있던 임 태후는, 개경의 상황이 정리가 되었다는 소식과, 대령후가 황궁으로 들어갔다는 소식을 듣자마자 주변을 독촉하여 황궁으로 바로 돌아왔다.

그녀 자신이 지금 가장 먼저 해야 할 일은 하루바삐 대령후를 보위에 올리는 일을 적극적으로 도와 마무리 짓고, 할 수 있다면 폐주와 왕흔, 두 아들의 목숨이라도 붙여 주는 것이었다.

이미 대세를 거스를 수는 없다.

내심 가장 아끼던 아들인 대령후가 보위에 오른다면 좋은 일이기는 했다.

그러나 그 과정에서 다른 아들들이 목숨을 잃게 된다면, 그것은 그것대로 그녀에게 깊은 슬픔이 되리라.

폐주와 왕흔이 그날 정변 가운데에 목이 베일 줄 알았더니, 다행인지 불행인지 폐주는 서경으로 도망을 갔다고 하고, 왕흔은 붙잡혀서 아직 처분을 받지 않고 옥에 갇혀 있었다.

대령후의 권력을 뒷받침 해 주고 죗값을 치르게 되었으나 그래도 자기 자식인 두 아들을 구명하기 위해 임태후는 황궁에서 자리를 지키고 있어야만 했다.

그리고 그 첫 행보로 손녀딸을 불러들인 것이었다.

"몇 달 사이에 꽃이 활짝 피어 여인이 되었구나. 고

려 땅에서 너보다 아름다운 아이도 찾기 힘들 것이다."

임 태후는 조신하게 자신의 앞에 앉아 있는 왕연을
보고서 따뜻한 미소를 지으며 말했다.

마치 젊은 시절의 자신의 모습을 보는 것만 같아서
임 태후는 마음이 조금 먹먹해졌다.

"아니옵니다, 태후 폐하."

"경대에 얼굴을 비추어 보면 너 자신도 얼마나 고운
지 알 것 아니니. 할미 앞에서는 괜한 겸양을 할 필요
없다. 주변에 듣는 사람도 없고 하니 할머니라 편히 부
르지 않겠느냐?"

임 태후는 왕연에게 끈끈한 혈연의 정을 느끼고 있었
다.

그간 운신의 폭이 좁아 신경을 많이 써 주지 못한 것
이 마음에 늘 걸렸던 그녀였다.

이제 정치적으로도 왕연은 임 태후에게 없어서는 안
될 중요한 손녀딸이기도 했다.

"소녀가 어찌해야 할지…… 몸 둘 바를 모르겠사옵니
다."

"앞으로는 좀 더 당당해야 한단다. 이제 너는 대령후
의 여식으로, 정씨 가문에 시집을 간 여인이 아니라, 그

에 앞서 고려의 새 임금의 유일한 자식이자 일국의 공주
가 되는 것이야."

임 태후는 앞에 놓인 차로 입을 살짝 적시고서 말을
이었다.

"그건 네가 조심해야 할 일이 늘었다는 말이기도 하
고, 동시에 할 수 있는 일도 늘었다는 말이기도 하지.
이 할미는 너에게 내가 가진 모든 것을 넘겨줄 생각이
다. 할미가 가진 장원과 모든 정치적 끈과 살아오면서
쌓은 지혜와 경험, 그 모두를 말이야."

대외적으로 정치는 남자들이 하는 일.

그러나 그 뒤에서 여인들의 역할이 없는 것이 아니다.

임 태후는 지난 수십 년간 궁궐 안에서 정치적인 흐
름들을 조율하며 중요한 역할들을 해 왔다.

비록 그 결과 아들의 의심을 사게 되어 정치적으로
제약 당하기는 했지만 말이다.

이제 대령후가 보위에 오르게 되면, 대통을 이을 원
자를 생산하기 위해서라도 황후를 들여야만 할 것이고,
여러 권문세족들이 눈에 불을 켜고 황후의 자리에 자신
의 딸을 앉히기 위해서 경쟁을 할 것이다.

그런 상황이 벌어지면 벌어질수록 황가의 입장에서는

왕연의 역할이 점차 중요해지게 된다.

동래 정씨는 대령후에게 시집을 보낼 만한 젊은 딸자식이 없다. 반대로 대령후의 딸이 정민에게 시집을 가 있는 상황이다.

이자겸이 자신의 딸들을 대를 이어 황후로 들여보내면서 인주 이씨의 권세가 하늘을 찔러 국정을 농단했던 것은 그다지 멀지 않은 과거의 일이었다.

그 이후로도 마찬가지였다.

지금은 서경으로 쫓겨난 폐주도 이러한 이유 때문에 임 태후의 친정인 정안 임씨와 최대한 거리를 두려고 노력을 했었다.

황후를 들일 때도 그다지 정치적 영향력이 없는 최탄의 딸을 맞아들였던 것도 그 때문이었다.

그리고 철저하게 처가나 외가가 정치에 참여하는 것을 틀어막으려고 노력했다.

이러한 과정에서 임 태후의 입지는 점차 좁아졌다.

그런데 반대로 이제는 갑작스럽게 보위에 올라 기반이 약한 편인 대령후는 적극적으로 힘이 있는 유력 가문에서 황후를 보아야 할 상황이었다.

그렇다면 새롭게 궁중 내의 세력으로 부상할 이 잠재

적 경쟁자를 효과적으로 상대할 수 있는 것은 동래 정씨와 강하게 맺어지고 태후의 비호를 받는 왕연뿐이었다.

더군다나 임금의 딸로서 외척의 입장을 대변한다는 비판으로부터 자유로워질 수 있었다.

임 태후는 이제 나이가 많았다.

언제고 갑자기 몸이 좋지 않아 세상을 떠나게 된다고 해도 이상하지 않았다.

그렇기 때문에 자신의 역할을 대신해 줄 정치적 후계자가 필요했다.

그녀가 보기에 왕연만 한 적임자가 없었다.

"우선은 네 부군과 시아비가 네 아버지의 뜻에 벗어나서 움직이지 않도록 네가 잘 매개해야 한다. 그다음에 내가 정안 임씨의 충성을 너에게로 끌어다 줄 것이다. 앞으로 김돈중, 최유청, 정중부를 비롯한 무신들, 하나하나가 정치적으로 파벌을 짓기 시작할 것이다. 그때가 오기 전에 진정으로 네 아버지를 거들어 줄 단단한 우군으로 동래 정씨를 붙들어 두어야만 하고, 다른 파벌들에 대하여 우위를 점할 수 있도록 해야 한다. 그렇게만 한다면 네 아버지도 꼭두각시가 아니라 진짜 이 나라의 군

주로서 통치를 행할 수 있을 것이다. 무슨 말인지 알겠
니?"

임 태후가 말하고 있는 것은 왕연으로서는 조금 버거
운 이야기였다.

그 내용을 알아듣지 못해서가 아니었다.

그녀는 이런 복잡한 정치에 대해서 잘 아는 바가 없
었다.

솔직한 마음으로 임 태후가 자신에게 거는 기대가 부
담스러웠다.

그러나 피할 수 없는 일임을 왕연 자신도 잘 알고 있
었다.

"제가 앞으로 어찌하면 좋을까요?"

"일단 네 아버지에게 말해 대령후부의 모든 자산을
너에게로 이전하게 할 것이다. 전답과 가솔들, 그리고
개경의 저택도 모두 네가 가지게 될 것이야. 그리고 거
기에 내가 가진 재보를 더해 주겠다. 너는 그 재산을 가
지고 네 사람을 만들고, 너를 위해 움직이게 해야 한다.
연회를 베풀어서 너와 네 신랑에게 호의적인 파벌을 만
들고, 그들을 통해 네 아비를 돕도록 하여라. 앞으로 차
근차근 내가 알려 줄 터이니, 너무 두려워할 필요도 없

다. 그리고 시간이 흘러가게 된다면, 너는 이 할미 없이도 잘해 나갈 수 있을 것이야."

임 태후가 얼굴에 미소를 띠웠다.

왕연은 그런 그녀의 웃음이 어쩐지 쓸쓸하다고 생각했다.

❖　❖　❖

이공승은 명목상의 도총사 지위를 유지하고 있을 뿐, 금나라에서 돌아오는 내내 고려군 안에서 없는 사람이나 다름없이 취급 받고 있었다.

그와 아무런 상의 없이 군대는 멈추고 나아가기를 반복했고, 찾아와서 의견을 구하는 이도 없었다.

가끔 정민이 들러서 내일은 어디까지 갈 것이라고 보고해 주는 정도가 전부였다.

자신의 처지가 처지이다 보니 그러한 상황이 이해가 안 가는 것은 아니었다.

그러나 도무지 고려 땅으로 들어와서도 이런 백안시를 반복하는 것을 보니 조금은 뿔이 나는 것도 사실이었다.

결국 임금 앞으로 나아가서 그 성과를 보고하는 것은 자신이 아닌가.

결국 목숨 값을 목숨 값으로 갚기 위해 혹여 임금이 정민과 정중부에게 죄를 물리려고 할 경우 그것을 막아 줄 수 있는 것은 자신뿐이라고 이공승은 생각하고 있었다.

그것을 알기에 정민과 정중부도 자신을 살려서 앞세우려고 하는 것이 아닌가.

서경(西京) 가까이 이를 때까지 이공승의 불만은 점차 쌓여 갔다.

그것을 대놓고 드러낼 정도로 그는 아둔하지 않았다.

그러나 왕조의 노신(老臣)이자 부월을 받은 사령관에 대한 대우를 이렇게 형편없게 할 수는 없었다.

정치적 이유 때문에 자신이 동경 요양부에 감금되어 있어야 했던 사정 정도는 이해할 수 있다. 그리고 그 결과가 좋았으니 그런 것은 다 묻고 지나갈 수 있다.

그러나 기왕에 자신의 목숨을 살려서 호혜적으로 움직이기로 했으면 이런 식으로 모욕에 가까운 대접을 주어서는 안 되는 노릇이었다.

이공승은 왜 자신이 이런 찬밥 신세였는지 서경에 와

서야 알 수 있었다.

"폐주가 개경에서 패퇴하여 이곳 서경에서 몇 천도 되지 않는 병력을 거느리고 웅크려 앉아 있소. 갑작스럽게 서해(西海)와 패서(浿西) 각지에서 긁어모은 병력이라 기율은 엉망이고 싸울 의지도 없다고 하오."

"폐주라니, 황상 폐하께서 모반에 의해 쫓겨나셨단 말이오?"

서경에서 하루 거리까지 나아왔을 때, 정중부가 이공승을 찾아와 넌지시 말을 던졌다.

이공승은 정중부가 하는 말을 소화하기가 힘들었다. 도대체 자신이 고려를 떠나 있던 사이 무슨 일이 벌어진 것이란 말인가.

"더 이상 그자는 고려의 천자가 아니오."

"……."

"우리에게 전해진 소식을 들어 보니, 폐주는 모반 사건을 꾸며서 자신의 눈에 거슬리는 신료들을 엮어 목을 매달려고 하다가, 도리어 자신이 쫓겨나게 된 모양이오. 그 주위의 간신배들은 모두 철퇴를 맞아 죽었소. 이제 개경은 김돈중, 정서, 그리고 무신들의 손에 떨어져 있다 이 말이오."

"그렇소이까…… 천하가 뒤집혔구려. 그대들이 원하는 세상이 왔으니 그만 이 노신의 목은 베고 개경으로 금의환향 하면 될 일인데, 이것을 어찌 내게 알려 주는 것이오?"

"좋든 싫든 우리는 이제 서경을 지나가야 하고, 그곳에는 폐주가 버티고 있소. 그러나 폐주는 이 군대를 이끄는 것이 누구인지 모르지. 무슨 말씀인지 알겠소?"

"날 더러 임금을 속여 성문을 열라는 말이오?"

"다시 말하지만, 이제 그는 임금이 아니외다."

정중부가 이공승의 말을 바로잡았다.

"내가 물은 말에 대답을 해 주시오."

"그렇소. 폐주는 이 공이 2만 군세를 이끌고 돌아와 서경에 당도했다는 소식을 들으면, 신이 나서 성문을 열어 줄 것이오. 그때에 군대를 장악하고 있는 것 마냥 움직여 주어야겠소. 천천히 우리가 서경을 장악하는 동안에 폐주를 잘 속여 주어야 하오. 마치 이 군대를 이끌고 폐주를 도와 개경을 탈환하러 갈 수 있다는 듯이 말이외다."

"휴……."

그렇잖아도 늙고 주름진 이공승의 얼굴은 몇 달 사이

에 더 노쇠하고 초라하게 변해 있었다.

머리도 새하얗게 새었다.

그는 도대체 자신이 무슨 영달을 누리고자 이리 구차하게 목숨을 유지하길 바라는가 생각해 보았다.

죽고 싶지는 않았다. 그래서 정민과 정중부가 어르고 달랠 때 그냥 그들이 요구하는 바를 들어주겠다고 했던 것이다.

그런데 이제는 반역자들을 위해 섬기던 임금을 속이라는 주문까지 들어왔다.

하긴, 여차하면 반역의 선봉에 설 수도 있다는 것을 알고는 있었다.

그러나 생각과 다르게 막상 결심을 해야 할 순간에 다다르자 이공승의 머리는 복잡했다.

"다른 방법이 없다면 그리해야겠지······."

이공승은 말끝을 흐렸다. 도무지 무엇이 옳은지 확신이 서질 않았다.

"만에 하나라도 딴 맘은 안 품는 것이 좋을 것이오."

"알겠소이다."

이공승은 이래저래 계산을 해 보았지만 답은 서지 않았다.

머릿속에서는 자신이 다시 이들을 속여서 군세를 임금에게 들어다 바치고 개경으로 진격해 가는 것도 생각해 보았다.

만약 그렇게 할 수 있다면 통쾌한 복수가 될 것이다.

그런데 과연 임금을 그렇게까지 해서 다시 권좌에 올리는 것이 옳은지 물어보았을 때, 이공승은 그것이 옳다고 대답하기가 어려웠다.

임금의 전횡을 별로 탐탁찮아 하던 자신이 아닌가.

그 때문에 임금은 자신을 계륵마냥 여기다가 금나라에 파병할 때에 계륵에게 줄 법한 자리를 주어서 보냈다.

잘되면 치하하고, 안 되면 팽해 버릴 작정으로.

그러나 아무리 그래도 적법하게 고려의 권좌에 오른 임금이었다.

그것을 신하들이 마음대로 처단하여 비참한 지경으로 몰아넣는 것이 과연 가당한 일인가.

정중부가 돌아간 다음에도 밤이 깊도록 이공승은 고민을 거듭했지만 해답은 나오지 않았다.

❖　❖　❖

"금나라로 갔던 2만 군대가 돌아와 이곳에 당도했다고?"

서경으로 쫓겨 와서 모든 기력을 잃고 화병이 올라 침전을 나서지 않던 임금은, 이의방이 전해다 준 소식에 화들짝 놀라서 자리를 벌떡 차고 일어났다.

가까스로 도주 과정에서 목숨을 건진 배진, 배연 형제와 자신을 호종한 산원 이의방이 아니었다면 이곳까지 당도하지도 못했을 것이다.

배진과 배연 형제가 서해도와 패서 일대의 고을들에서 병력을 쥐 잡듯이 모아서 서경까지 오지 않았다면, 지금쯤 산속 어딘가에서 행색이 말이 아니게 숨어 있었을 것이다.

그러나 가까스로 목숨을 건졌음에도 불구하고 임금은 도무지 해답이 나지 않는 상황에 머리만 지끈거릴 뿐, 아무런 희망을 가질 수가 없었다.

그런데 갑자기 이공승이라니. 임금은 하늘에서 동아줄이 내려온 기분이었다.

"정말이냐? 군대의 상태는 어떠하냐?"

"금에서 여러 차례 승전을 거두고 돌아왔다고 합니

다. 비록 삼천 가량의 병력이 손실을 입기는 하였으나, 군기가 들어 있고 무장 상태도 양호합니다. 폐하, 하늘이 도우셨사옵니다. 어서 이공승을 성안으로 들여서 위무하시고 개경으로 돌아가는 길에 앞장세우소서."

옆에서 시립하고 있던 내관 배연이 말을 거들었다.

그 또한 암담한 지경에 몰려 있다가 갑작스러운 기회에 얼굴이 상기되어 있었다.

임금은 곤포를 가져오게 한 다음에, 직접 성문까지 나아가기로 마음을 먹었다.

저 군대에 반역자 정서의 아들 정민과, 좀체 신뢰가 가지 않는 무신 정중부가 있으나, 이공승과 함께 불러들인 다음에 목을 베어 버리면 될 일이다.

애초에 이곳 서경으로 찾아와서 이공승이 자신을 보길 청한다는 것부터가 청신호가 아닌가.

만약 이공승이 반역하기로 마음을 먹었더라면 서경을 에워싸고 공격을 했을 것이었다.

"폐하, 뜻하지 않은 횡액(橫厄)에 얼마나 고생이 많으셨사옵니까. 소신이 이제 폐하의 곁에서 반역자들을 치는 일에 앞서겠나이다."

임금이 헐레벌떡 서경성 밖 들판으로 나아가자, 그곳

에서 진을 치고 있던 군대를 뒤로 하고 이공승이 앞으로 달려와 말에 내려 무릎을 꿇고, 근심 어린 말투로 임금에게 아뢴다.

"아니네, 아니야. 이제 경이 돌아와 주었으니, 짐은 천군만마를 얻은 기분이네. 아니, 실로 천군만마를 얻은 것이로구나."

임금은 거의 눈물이 날듯 마음에 격정이 일어 이공승을 끌어안았다.

모든 것을 잃고 내던져지기 직전에 구원을 받은 것이었다. 어찌 기껍지 아니 하겠는가.

"그나저나 정민과 정중부는 어찌하였는가?"

"그 무리가 반역을 꾀했다는 전갈을 듣고, 바로 붙잡아서 목을 베어 버렸사옵니다."

"혹여 그 수급을 볼 수 있는가?"

"압록강을 건너오자마자 베어 버려, 이미 얼굴이 다 썩어 문드러졌을 것입니다. 직접 보시기에는 불쾌하실 터이니 다른 이로 하여금 확인하게 하소서."

"아닐세, 아니야. 내 그놈들의 머리를 보아야만 하겠네."

임금의 눈에서 기괴한 안광이 번득였다.

그 썩어서 형체도 잃은 수급을 본다면 그간 쌓였던 분노도 조금은 누그러질 것 같았다.

이공승은 그 말을 듣고 병사를 시켜 그 수급을 가져오게 하였다.

붉은 칠이 된 목함 안에 든 썩어 빠진 머리를 보고 나서 임금은 얼굴 만면에 득의의 미소가 떠올랐다.

"흐흐, 개경에 남아 있는 역당의 무리들도 결국 이러한 꼴이 되고야 말 것이다."

"감축드리옵나이다, 폐하."

옆에서 지켜보던 배진과 배연 형제도 얼굴에 화색이 돌며 임금의 기분을 추켜세운다.

이공승은 무릎을 꿇어앉은 채로 복잡한 표정을 짓고 있었으나, 아무도 거기에 주의를 기울이지 않았다.

정민과 정중부의 목까지 베었다니, 이공승에 대한 조금의 의심마저도 사라져 버린 임금은, 이공승을 서경의 행궁에서 가장 좋은 방에 머물게 하고, 그가 이끄는 병력도 모두 서경성 안으로 들여서 주민들에게서 뺏은 술과 고기를 내렸다.

서경의 민심이 급격히 나빠지고 있었으나, 임금에게는 있어서 그러한 것은 지금 고려할 계제가 아니었다.

"서경 기녀들이 아름답기로 이름이 나 있으나, 짐이 이번에 서경에 물러와 있으면서 마음이 괴로워 안을 생각도 하지 못했네. 그러나 이제 그대가 와 주었으니 모든 근심이 풀려 다시 풍악을 즐길 여유도 생겼네. 오늘 그간의 노고를 치하하고 앞으로의 무운을 기원하고자 술과 고기, 그리고 계집들을 넉넉히 준비하였으니 마음껏 즐기도록 하게."

임금은 오랜만에 사치스러운 연회를 열었다.

몸만 간신히 건져 서경으로 쫓겨 온 주제에 감당할 수 있는 연회가 아니었다.

사실상 서경의 민가들을 모두 약탈하다시피 해서 끌어모은 식량들로 펼치는 연회였다.

그러나 이제 곧 대군을 이끌고 개경으로 돌아가게 될 터이니 임금은 전혀 걱정이 되지 않았다.

개경에서 역도들이 이끌고 있는 병력의 숫자는 지금 이공승에 의해 임금의 손에 들어온 병력과 서경에 끌어모은 병력을 합친 것에 십분의 일도 안 될 것이었다.

이제 개경까지만 가면 역도들을 소탕하는 것은 일도 아니었다.

"성은이 망극하옵니다, 폐하."

이 와중에 이런 사치스러운 연회를 벌이는 임금의 모습을 보며, 이공승의 속은 웃고 있는 겉모습과 달리 점차 딱딱하게 굳어 가고 있었다.

그러나 내심 그의 속은 갈등을 하고 있었다.

이대로 군대를 들어 바치면 조정 신료들이 잔뜩 쓸려 나간 궁중에서 큰 권세를 부릴 수 있지 않을까, 하는 생각이 그의 머릿속을 스치고 지나가고 있었다.

하나 그는 내심 정민과 정중부가 마음에 걸렸다.

당연한 이야기이지만, 정민과 정중부의 수급이라는 것은 가짜로, 금나라에서부터 미리 그들이 포로 둘의 목을 쳐서 마련해 놓은 것이었다.

아마 지금 서경성 안으로 변복을 하고 들어왔다가 지금쯤 무언가 행동을 시작했을 공산이 높았다.

그들을 돕고 싶은 마음은 전혀 없었으나, 그들이 얼마나 병력을 장악하고 있는가에 따라서 자신은 헛물을 키게 될 수도 있다.

애초에 그다지 권력에 대한 욕망은 없는 이공승이었다. 그렇게 복잡한 생각을 하며 연회는 무르익어 갔다.

"흐흐흐, 결국에 저 반역도들은 구제불능의 구렁텅이로 빠져들게 되었구나. 짐은 하늘이 내린 성군이다. 어찌 하늘이 짐을 버리겠는가? 역도들은 이제 짐의 칼날 아래에서 심판을 받게 될 것이다."

임금은 술을 진탕으로 들이키면서 중얼거렸다.

이공승은 머리가 지끈거려왔으나, 일단은 장단을 맞춰 주었다.

만약 정민과 정중부가 오늘 안으로 서경을 장악하지 못하거든, 자신이 움직여서 임금을 거들어 주기로 마음을 먹었다.

아마 그런 일은 일어나지 않으리라고, 이공승은 만취한 임금을 보면서 생각했다.

그렇게 얼마를 다시 술잔을 기울였을까.

밖이 소란스러워지는가 싶더니, 두건에 피를 묻힌 이의방이 칼을 찬 채로 급하게 연회장으로 들어와 외쳤다.

"폐, 폐하, 몸을 피하소서!"

그러나 이의방은 말을 마치지 못했다.

뒤따라 들어온 피가 떡칠이 된 갑주 입은 군관 하나가 이의방의 뒷목을 칼로 쳐 버린 탓이었다.

술기운에 정신이 오락가락하던 임금도 정신이 번쩍 드는 모양인지, 힘이 빠진 팔로 바닥을 짚고 뒤로 물러나려고 했다.

"폐주는 지금 여기서 죽으시겠소? 아니면 개경으로 압송되어 처결을 받으시겠소?"

이의방을 죽인 젊은 사내는 날카로운 눈으로 임금을 노려보며 말했다.

이공승은 정신이 번쩍 들면서 일이 결국에는 정민과 정중부의 뜻대로 되었음을 알았다.

지금 칼을 들고 임금을 위압하고 있는 저자는, 분명히 정민이 전장에 데리고 왔던 정명해라는 자가 분명했다.

괜히 딴 맘을 먹고 긁어 부스럼을 만들지 않아서 다행이었다고 이공승은 내심 안도의 한숨을 흘렸다.

"으으, 이럴 수는 없다!"

임금은 상을 발로 걷어차며 어떻게든 정명해가 접근해 오는 것을 막으려고 발버둥 쳤으나, 소용이 없는 노릇이었다.

이내 정명해를 쫓아 연회장으로 뛰어 들어온 병사들이 임금을 버리고서라도 도망을 치려 하던 배진과 배연 형제를 베어 버렸다.

임금은 자신의 앞에서 그들이 죽는 모습을 보고서는 정신이 아찔해졌다.

"흐이익!"

정명해는 임금이 정신을 못 차리자 주저 없이 그의 앞으로 나아가서 목을 쳐 버렸다.

피분수가 쏟아져 나오면서 한때 기름진 고기와 술이 놓여 있던 주안상 위에 떨어졌다.

정명해는 임금의 목이 한 번에 쳐 내지지 않자 칼을 다시 들어 세 번을 썰어 내렸다.

그때마다 듣기에도 끔찍한 소리가 귀를 찔러 왔다.

이공승은 저도 모르게 그 광경을 보며 숨이 차올랐다.

정명해는 임금의 목이 몸에서 분리되고 나자, 투구를 벗어 들고 한 손으로 땀을 닦으며 다른 한 손으로는 임금의 수급을 쥔 채 이공승을 돌아보았다.

"수고하셨습니다. 이제 따라 나오시지요."

이공승은 저도 모르게 고개를 세차게 끄덕였다.

정민은 눈을 부릅뜬 채로 핏기 없이 굳어 있는 폐주의 잘린 머리를 뚫어지게 들여다보았다.

역겹다거나 징그럽다는 생각은 전혀 들지 않았다.

고려에 온 이래로 가장 큰 근심거리였던 자를 드디어 해치웠다는 기쁨도 없었다.

그저 덤덤하면서도 허탈한 기분이었다.

정민이 폐주 왕현에 대해 가지고 있던 감정은 적개심과 분노보다는 예측하기 어려운 자에 대한 기피에 가까웠다.

정민 자신과는 세상을 보는 시각 자체가 다른 사람이 자신을 농단할 수 있는 권력을 가지고 있다는 것에 대한 꺼림이었다.

그래서 막상 이제는 임금이라고 불리지 못하게 된 이 중년 남자의 잘린 목을 보고서 무상함과 허탈함만이 들 뿐이었다.

'결국 이렇게 허망하게 죽을 것을 무엇해서 그리 의심하고 집착하며 살았는가? 언젠가 이 꼴이 될 것이라는 의심과 두려움이 결국 그 자신을 이렇게 만들고야 말았으니, 자업자득이라고 해야 될지…….'

생각해 보면 우스운 노릇이었다.

임금은 늘 정적들이 자신의 옥좌에서 끌어내어 비참한 죽음을 안길까 두려워했다.

그래서 잠정적으로 권좌를 위협할 수 있는 동생들은 끊임없이 의심하고 괴롭히며 자신의 권력이 안전함을 확인 받으려 했다.

그러나 임금의 그런 기이한 집착이 결국 많은 이들을 궁지에 몰아넣었고, 궁지에 몰린 자들이 결국에는 임금을 물어뜯은 것이었다.

이 상태라면 언젠가는 터지고 말았을 사달이었으나, 적어도 한 달 전까지만 하더라도 임금에게는 기회가 있었다.

굳이 친위 쿠데타를 기획하지 않았더라면 적어도 그의 치세는 몇 년은 연장되었을 것이었다.

정민은 손을 들어 임금의 부릅뜬 눈을 감겨 주었다.

눈을 감겨 준다고 하여 평안한 죽음이 될 리 없었으나, 그래도 그만 세상을 향한 아집과 번민을 버리고 극락왕생하라는 의미였다.

사후 세계나 환생이 있을 리 없다고 생각은 하지만, 그러한 기대도 없이 이 사바 세계를 이리 삿되게 떠나면 도대체 수많은 이를 괴롭게 하며 손에 놓지 않고자 했던 그 권력과 삶이 다 무슨 소용이던가.

임금의 수급이 담긴 함의 뚜껑을 다시 닫고서, 정민

은 막사에서 나가 밖으로 나갔다.

서경을 떠나서 개경을 향할 준비로 군영은 소란스러웠다.

본래 양계에서 소집한 병력이니 원래는 서경에서 대부분을 해산시키고 일부만이 개경으로 돌아가야 했다.

그러나 이미 임금은 서경에서 죽었고, 개경의 분위기는 소란스러울 것이 틀림없다.

개경에서의 논공행상을 안정적으로 처리하고, 잿더미가 되었다는 개경의 복구를 돕기 위해서라도 병력 대부분을 잘 건사해서 개경으로 끌고 갈 필요가 있었다.

병사들은 많이 지쳐 있었지만, 사기는 아직 높았다.

금나라에서 공적을 세우고, 악정을 펼치던 임금을 몰아내는 데 한몫을 하였으니, 개경으로 가게 되면 그에 필적하는 포상이 내려질 것이라는 기대가 있었기 때문이었다.

고갈 났을 것이 분명한 국고로 얼마나 이들이 원하는 만큼의 은급을 내릴 수 있을지 정민은 장담할 수 없었다. 하나 조정은 이들에게 보답을 해야만 했다.

어쩌면 이번 반정에서 쓸려 나간 임금 주변의 간신들의 가산을 몰수한 것으로 충당이 될지도 모를 일이다.

"약조는 지킬 것이오?"

정민은 넋이 나간 채로 멀뚱하게 앉아 있는 이공승에게로 다가갔다.

그는 임금의 목이 베어지는 자리에서 나온 뒤로 정민이나 정중부를 찾지도 않고 혼이 빠진 사람처럼 자기 막사에만 머물러 있었다.

그런 그가 군영이 움직이자 밖으로 나왔다.

정민이 곁에 오자 이공승은 시선도 주지 않고 맥이 없는 목소리로 그렇게 물어 올 뿐이다.

"군이 또 무익한 피를 볼 이유가 있겠습니까. 섣부르게 움직이지 않고 저희 판단에 따라 주신 것에 감사드릴 뿐입니다."

"나는 이제 정치라면 신물이 나서 개경으로 돌아가면 바로 관직에서 물러날 생각이오. 지조도 절개도 없이 이런 정란에 휩쓸려서 구차한 목숨만을 건졌으니, 누가 누굴 탓하고 원망하겠소. 그저 이 늙은 몸이 못난 탓인 걸."

이공승은 스스로 자조에 빠져 있었다.

그는 환갑을 넘긴 나이에 평생 겪지 못했던 충격을 받은 듯했다.

여러 가지 생각이 교차할 것이다.

그것이 배덕감인지, 아니면 자기 스스로의 주관을 지키지 못한 안타까움인지, 아니면 단순히 세상에 질려 버린 것인지는 모르겠다.

정민은 감히 그 생각을 헤아릴 엄두가 나지 않았다.

사실 이공승은 이러한 대우를 받을 이유가 없는 사람이었다.

그는 말 그대로 지조 있음으로 고려 전역에 명성이 자자했던 사람이다.

그런데 그 탓에 임금과 거리가 멀어졌고, 임금은 그를 계륵처럼 보아 금나라로 가는 병력을 지휘하게 했던 것이다.

아무리 올곧은 사람이라지만, 평생 처음 2만의 대군을 지휘하게 된 사람이 효과적으로 군대를 위무하며 이끄는 데에는 한계가 있었을 것이다.

아니, 오히려 올곧기 때문에 자신이 이끄는 병력에 가혹한 조건을 자꾸 요구했다.

정민은 그러한 이공승의 성격을 악용했다. 그리고 그 결과, 이공승은 이제 자신이 섬기던 임금을 배반하여 반정에 공헌하게 되었다.

"개경에 도착하면 논공행상이 있을 것입니다. 공께서도 공신에 추대될 것이니, 적잖은 식읍과 높은 작위가 내려질 것입니다. 그 정도면 은퇴하시는 데에 부족함이 없으시겠지요."

"그런 것이 다 무슨 소용이겠냐마는……. 간신배의 무리로 낙인 찍혀서 사서에 오명이나 남기고 비명횡사하는 것보다는 이게 차라리 낫겠지. 그리 생각하겠소."

이공승은 손에 임금이 내린 부월을 쥐고 만지작거리고 있었다.

그 작은 손도끼를 다시 허리춤에 끼운 채 이공승은 머리가 아파 오는지 관자놀이를 짚었다.

"이 부월을 새 임금에게 가져다 바치면, 그리되면, 내 모든 할 일도 끝나겠지. 그것이면 충분하외다."

이공승이 멀리 시선을 던지며 중얼거렸다.

그의 시선 끝에는 대동강의 도도한 물길이 닿아 있었다.

병사들이 징발한 뗏목과 쪽배에 군량과 전리품들을 부지런히 싣고 있었다.

금나라를 두 번 오고 가며, 이 서경 땅을 지나가기를 네 번째였다.

정민은 그 가운데에서 이번이 가장 끔찍하게도 오래 기억에 남을 것이라는 사실을 깨달았다.

아마 서경을 떠올리면 좋은 추억이 남지는 않을 것이다.

묘청 이래로 역향(逆鄕)으로 지목 받던 고을. 그리고 이제는 진정으로 역신(逆臣)이 임금의 목을 이 땅에서 베었다.

그리고 이제, 서경을 생각하면 임금의 부릅뜬 눈만이 선명하게 떠오를 것이었다.

1161년 음력 11월 5일.

이공승이 이끄는 1만 6천여 병력이 개경으로 개선하여 들어왔다.

아직 공식적으로 즉위하지는 않았으나, 이미 천하의 사람들이 고려의 주인인 줄 아는 대령후 왕경이 이들을 황궁에서 맞아들였다.

그는 고려의 임금이었던 형 왕현의 수급을 받아 들고서는, 머리를 풀고 바닥에 주저앉아 대성통곡하였다.

그것은 단순히 보여 주기 위한 가장된 행동이 아니었다.

 그는 진심으로 형의 죽음을 애달파 하였다.

 그렇게 스스로를 괴롭게 하여 남을 더욱 괴롭게 하더니 결국에는 이런 싸늘한 주검이 되어 온 것이었다.

 썩지 않도록 서경에서 어렵게 구한 소금으로 잔뜩 절여진 채로 놓여 있는 그 수급은 한때 자신이 앉아서 호령했던 개경 궁궐의 대전으로 몸을 잃은 채 돌아왔다.

 "신, 행영병마도총사 이공승은 명을 받들어 금국으로 출정하여, 무도하게 전쟁을 일으킨 금의 폐주를 처단하고 적법한 제위의 법통을 세우는 일을 돕고, 귀국하여 오는 길에 다시 서경의 동란을 정리하고 돌아왔사옵니다. 이제 국도(國都)에 이르러 사해의 변란이 모두 잠잠해졌으니, 이에 신은 병권을 삼가 반납하옵나이다."

 울음을 멈추고 몸을 일으킨 대령후의 발밑에 이공승은 엎드려서 부월을 바쳐 올렸다.

 대령후는 이공승의 손에서 부월을 받아서 손에 감싸 쥐고서는 좌우에 시립하여 선 신료들을 바라보며 말했다.

"이제 천하의 변란이 모두 평정되어 사직이 바로 세워졌으니, 이제야 암운이 걷히고 새로이 날이 밝게 되었다. 모두 여기 있는 제경들의 도움이 아니었다면 가능하지 않았을 일이다. 부디 지금의 마음을 잊지 말고 앞으로 오로지 백성의 지친 마음을 위무하는 데에 진심을 다하라."

대령후의 말에 신료들은 국궁(鞠躬)하여 그 명을 받아들였다.

그렇게 승전의 축하도 아니고, 전왕의 서거를 탄식하는 것도 아닌 기묘한 조회가 끝이 났다.

대령후는 공식적으로 폐주를 폐서인시키지 아니하고, 시호도 내리지 않은 채로 시간을 끌었다.

그 자신이 보좌에 오르는 것도 서두르지 않았다.

그보다 그가 먼저 신경 쓴 것은 개경을 정상화시키는 일이었다.

이미 겨울이 한창인데 비해 여전히 많은 이들이 집을 마련하지 못하고 급조한 오두막에서 추위에 떨며 지내고 있었다.

심한 경우는 더러 송악산 자락에 토굴을 파고 지내는 자들까지 있었다.

대령후는 겨울이 지나고 새해가 밝을 때에 보위에 올라 제대로 논공행상을 하겠다고 하면서, 신료들에게 개경을 복구하는 일에 전념을 다해 줄 것을 주문했다.

정민도 돌아오자마자 개경을 복구하는 일에 앞장서서 참여하였다.

그는 벽란도에 남아 있는 재산을 풀어서 남대가 주변으로 건물을 세우기 시작했다.

정민은 가능하다면 이참에 대령후에게 간언하여 개경의 과밀함을 해소할 수 있도록, 체계적으로 도성을 정비하자고 하고 싶었으나, 겨울이 닥쳐 오는 바람에 집을 잃은 주민들이 거처할 곳이 당장 없으니 급한 대로 살만한 집을 세워 주는 수밖에 없었다.

그래도 이참에 정민은 높은 다층 건물을 병력을 동원하여 짓도록 독려했다.

한 번 짓는 데 시간과 공이 많이 들어도, 3층이나 4층으로 올린 건물에는 많은 가호(家戶)를 머물게 할 수 있어서, 이재민들의 거주 문제를 다소간 해소할 수 있을뿐더러, 초가 오두막이 다닥다닥 붙어 있던 개경의 주거 환경 자체를 바꿀 수 있기도 했다.

여러 층으로 된 건물을 지어 본 경험이 있는 자가 거

의 없으니, 아쉬운 대로 충고가 높은 절간이나, 개경성의 성루(城樓)를 짓고 보수해 본 경험이 있는 자들을 수배해서 건물을 지어 올리도록 하였다.

다만 한 가지 아쉬운 것은, 지상 층에는 아궁이와 온돌을 놓을 수 있었지만 그보다 높은 층에는 그렇게 할 수 없었다는 것이었다.

겨울이 추운 개경에서는 그다지 선호될 만한 주거 환경은 아니었다.

그러나 우선은 아쉬운 대로 이재민들은 바람을 제대로 피할 수만 있다면 감지덕지해야 했다.

개경의 복구는 빠르게 진척을 보기 시작했으나, 이 와중에 소동이 없는 것은 아니었다.

모든 것을 잃은 이재민들을 상대로 헐값에 땅을 사들여 매점매석하려는 자들이 활개를 치기 시작했다.

대령후는 이러한 보고를 듣고서는 이들을 잡아들여 크게 벌을 주고 개경 전체에서 토지와 건물의 매매를 일시적으로 금지시켰다.

예기치 않은 재난을 이용해서 배를 불리려는 자들에 대해 경고를 날린 셈이었다.

음 12월에 접어들자, 개경 주민들 가운데 대부분이

임시적으로나마 거처를 마련할 수 있었다.

어디까지나 겨울을 난 다음에는 새롭게 터를 다지고 제대로 된 집을 올려야 할 임시거처였으나, 그래도 겨울의 끝자락이나마 바람이 들지 않는 곳에서 머무르게 될 수 있었다.

구휼미는 지속적으로 대가 없이 풀렸고, 몇 달 만에 개경에 장도 서기 시작했다.

"그래도 고비는 잘 넘겼다. 잠시 나라도 조용하겠지. 그러나 이러한 침묵은 오래 가지 않을 것이다."

임시로 좌승선(左承宣)의 자리에 앉은 정서는 정민과 마주앉아 그렇게 말했다.

그는 요즘 나이가 들어 잇몸이 주저앉기 시작해 늘 얼굴을 찌푸리고 있었다.

만약 정민이 치과 기술이 있다면 환부의 이빨이라도 발치를 해 주겠건만, 지금 고려 땅에서 그러한 사람을 구하는 것은 불가능하거니와, 정민도 도와줄 방법이 없었다.

"이미 김돈중의 주변에 무리 짓는 자들이 생겨났고, 정중부의 거둥도 심상찮습니다. 무신들도 그간의 핍박에 대한 보상을 받아 내고자 날이 서 있습니다."

"그렇겠지. 어차피 예견된 일이었다. 이제껏 같은 목표로 서로 손을 맞잡고 있었으나, 이제 이해관계가 달라진 것을 어찌하겠느냐."

정서가 고개를 저었다.

그러나 전반적으로 보았을 때 정치적 입지든 무엇이든 상황은 확실하게 바뀌어 있었다.

정서가 동래로 관직을 잃고 쫓겨나 있던 것이 고작 몇 년 전의 일이었다.

그러나 이제는 새로 임금이 될 대령후와 가장 가까운 인척으로서 고려에서 가장 배분이 높은 가문들 가운데 하나가 되었다.

"이제 앞으로 고려는 어떤 방향으로 가야겠습니까?"

정민이 그 아버지의 의중을 떠보고자 은근슬쩍 물어보았다. 그러나 정민은 고개를 저었다.

"나는 그런 것을 별로 염두에 두지 않는다. 그저 어떻게 권력을 불리고 지키는지에만 관심이 있다. 그래야 내 사람들을 지켜 낼 수 있다는 것을 삶에서 깨달았기 때문이다. 그리고 이미 늙은 몸이라, 조정에도 얼마나 더 오래 머물지 모르겠다. 앞으로 고려가 나아갈 길을 그려 내는 것은 너같이 젊은 아이가 해야지. 이제 새로운 판이 깔렸으니, 마음껏 뛰놀아 보아야 하지 않겠느냐."

정민은 정서의 말에 그만 머쓱해졌다.

"아직 제가 그리는 고려가 나아갈 길은, 목표만 있을 뿐…… 그 길의 절반을 오지 않았습니다. 그러나 앞으로 이런 끊임없는 조정에서의 투쟁이 계속되지 않도록 근절이 필요합니다."

"그러자면 두 가지 방법이 있다. 감히 조정에서 임금의 앞에서 함부로 국사를 논할 수 없을 정도로 권력을 집중시키는 것이 한 가지 방법이오, 다른 하나는 권력을 사방으로 찢어 놓아 서로 이를 물리어 아무도 함부로 움직이지 못하게 하는 방법이다. 전자는 폐주가 늘 갈망하였으나 결국 이루지 못했고, 후자는 이 나라가 세워진 이래로 한 번도 제대로 성공한 일이 없다. 어느 쪽이든 쉽지 않을 것이다."

"저는 후자를 택하겠습니다."

"네 장인이 임금이 될 터인데, 전자에 힘을 실어 주는 것도 좋은 방법이지 않겠는가?"

"잘되어 보아야 이자겸 같은 난신(亂臣)이 될 뿐입니다. 고려는 좀 더 권력이 이완될 필요가 있습니다."

"차라리 지금처럼 공신들이 서로 견제하면서 눈치를 볼 때 그런 상황을 고착화시켜 버리는 것이 좋을지도 모르겠다."

"봉건의 제도를 제대로 시행해야지요."

정민의 말에 정서의 눈이 잠시 감겼다.

그는 아들이 말하는 시책이 얼마나 성공할 가능성이 있는지 가늠해 보았다.

그리고 그것이 가져올 결과도 가늠해 보았다.

"몇 대가 지나가면 이 동래 정씨도 또다시 부침을 겪고 그저 그런 여러 명문벌족의 하나로 벼슬길에 나아갈 것이다. 정적들은 늘 우리의 등을 노릴 것이고, 여차하다가는 인주 이씨처럼 벼슬길이 막힐지도 모르지. 그러나 우리 봉토를 가지고 그곳에서 세력을 갖는다면, 그것은 안정되게 더 많은 대를 내려가며 물려줄 수 있을 것이다. 그것을 바라느냐?"

"적어도 고려 안에서는 그 정도면 됩니다. 그 다음은 고려만을 바라보지는 않을 것입니다. 진짜 천하를 경영하려면 고려는 너무 좁습니다."

"포부가 장대하구나. 하하."

정서가 통증도 잊고 크게 웃었다.

그는 아들이 이렇게 문득문득 보이는 패기가 참으로 가상했다.

남자라면 그런 포부를 품어야지, 하고 생각하면서도 그 자신은 늘 살아남기 위해서만 싸워 왔다.

그래도 그 결과 이제 권신(權臣)의 반열에 오르게 되었다.

그 안정된 유산을 그는 고스란히 아들에게 물려줄 생각이었다.

그 토대에서 얼마나 대단한 것을 피워 낼지, 정서는 솔직한 마음으로 기대가 되었다.

다시 해가 바뀌었다.

개경 도성은 여전히 복구가 완료되지 않아 어수선했지만, 그래도 그 꼴은 갖추어 가고 있었다.

불에 타 버린 궁궐 일부의 보수도 얼추 마쳐졌고, 치안도 안정되기 시작했다.

이제 때가 되었다는 생각에, 이번 정난의 공신들은 다시 대령후에게 정식으로 보좌에 오르기를 주청했다.

대령후는 세 번 사양을 하고, 이내 그 추대를 받아들여 1162년의 정월 대보름에 정식으로 보위에 올랐다.

대령후는 꽤나 충격적인 방식으로 천하의 주인이 바뀌었음을 선포했다.

금나라의 눈치를 보아 반포하지 않던 연호를 공식적으로 천명한 것이었다.

그간 고려는 애매하게 외왕내제(外王內帝)의 제도를 운용하고 있었으나, 지금 천하의 여러 나라들 가운데 고려만이 홀로 왕작(王爵)을 따로 주지 않고 연호도 반포하지 않고 있었다.

그러나 대령후는 이러한 암묵적인 구례(舊例)를 따르지 않고 정식으로 「가흥(嘉興)」의 연호를 선포하고, 천단(天壇)을 쌓고 하늘에 제례를 올려 황제의 자리에 올랐다.

이러한 변화는 금나라의 황제가 바뀌고, 중원의 정세가 어수선한 분위기도 반영된 것이기도 했다.

정식으로 제위에 오른 왕경은 이제 공신들에게 은급을 내리고 벼슬을 올리고, 작위를 주기 시작했다.

그것은 국정을 안정시키고 신료들의 충성을 사기 위해서 필수적으로 해야 하는 일이었다.

특히 아직 왕권이 안정되지 않은 왕경으로서는 향후
의 권력 배분을 조정하기 위해서 매우 조심스럽게 해야
만 하는 일이었다.

황제의 독녀(獨女)인 왕연에게는 정식으로 정경궁주
(貞敬宮主)의 칭호가 내려졌고, 본래 대령후저였던 저
택이 정경궁으로써 이름을 고쳐져 그 기거소로 주어졌
다.

그 남편이자 황제의 사위인 정민은 정3품 이부상서
(吏部尙書)로 벼슬이 높아졌다. 그 부친인 정서는 종1
품의 상서령(尙書令)으로 전임하고, 울주공(蔚州公)의
작을 받았다. 폐주를 토평하는 데에 공을 세운 정명해
또한 벼슬이 내려져 정5품의 병부낭중(兵部郎中)이 되
었다.

정난의 다른 주요 공신인 김돈중(金敦中)도 중서문하
성의 종1품 문하시랑(門下侍郎)의 벼슬을 받고, 경주공
(慶州公)에 봉해졌다. 그 동생인 김돈시에게는 정3품
공부상서(工部尙書)의 벼슬이 내려졌다.

이 외에 최유청(崔惟淸)에게는 종2품의 중추원 지원
사(知院事), 역시 정씨 집안과 밀접한 연이 있는 이작
승(李綽升)은 서경유수, 김이영은 종3품 예부지부사(禮

部知部事)의 벼슬을 받았다.

이 외에도 김정명에게는 정4품의 한림원 학사(翰林院
學士), 문극겸에게는 정3품의 좌부승선(左副承宣)의
벼슬이 내려졌다.

무신들 가운데에서는 상장군 정중부가 문관 품계에로
높아져서 정2품의 우복야(右僕射)의 벼슬을 받았고, 해
주후(海州侯)에 봉해졌다.

그 정3품 상장군 자리는 이의민이 이어받았다.

이고(李高) 또한 산원에서 정4품의 견룡군 장군(將
軍)으로 일거에 벼슬이 뛰었다.

이 외에도 많은 벼슬이 여러 공신들에게 내려졌으며,
대부분은 전왕 치세 말기에 주로 벼슬이 한직에 머물거
나, 파직되어 귀향해 있던 사람들이었다.

무신들의 권세가 일시적으로 드높아졌으며, 갈 곳 잃
은 문신들은 점차 김돈중을 중심으로 결집하기 시작했
다.

공신들의 포상은 이러한 권력의 배분을 고려하여 조
심스럽게 이뤄졌으므로, 이에 대해서 공공연하게 불만
을 가지는 사람은 보이지 않았다.

그러나 누구도 이러한 균형이 오래 갈 것이라고는 생

왕초의아침

각하지 않았다.

　새로운 시대에는 전과는 다른 판이 짜이는 법이다. 그리고 그 판에 오를 장기 말들은 이미 다음에 두어질 수를 준비하고 있었다.

〈『왕조의 아침』 제7권에서 계속〉

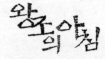

1판 1쇄 찍음 2015년 7월 23일
1판 1쇄 펴냄 2015년 7월 28일

지은이 | 김경록
펴낸이 | 정 필
펴낸곳 | 도서출판 뿔미디어

편집장 | 이재권
기획 · 편집 | 윤영상

출판등록 | 2002년 9월 11일 (제081-1-132호)
주소 | 경기도 부천시 원미구 소향로 17번길(두성프라자) 303호 (우)420-864
전화 | 032)651-6513 / 팩스 032)651-6094
E-mail | bbulmedia@hanmail.net
홈페이지 | http://bbulmedia.com

값 8,000원

ISBN 979-11-315-6667-1 04810
ISBN 979-11-315-3650-6 04810 (세트)

http://www.bbulmedia.com

http://www.bbulmedia.com